LOS GUARDIANES

SANDY
Y LA
GUERRA DE LOS SUEÑOS

Sanderson Mansnoozie

SEXTANS

LOS GUARDIANES

SANDY
Y LA
GUERRA DE LOS SUEÑOS

———◦———

WILLIAM JOYCE

Traducción de Arturo Peral Santamaría

bam bú
EDITORIAL

Editorial Bambú
es un sello de Editorial Casals, SA

Título original: *The Sandman and the War of Dreams*

Publicado por acuerdo con Atheneum Books for Young Readers,
un sello de Simon & Schuster Children's Publishing.

© 2013, William Joyce, por el texto
© 2013, William Joyce, por las ilustraciones
© 2014, Arturo Peral Santamaría, por la traducción
© 2014, Editorial Casals, SA, por esta edición
Casp, 79 – 08013 Barcelona
Tel.: 902 107 007
editorialbambu.com
bambulector.com

Diseño de la sobrecubierta: Lauren Rille

Primera edición: septiembre de 2014
ISBN: 978-84-8343-308-9
Depósito legal: B-16335-2014
Printed in Spain
Impreso en Índice, SL
Fluvià, 81-87 – 08019 Barcelona

A los capitanes de mis sueños:
Georges Méliès, Jean Cocteau
y
Georges Auric

Índice

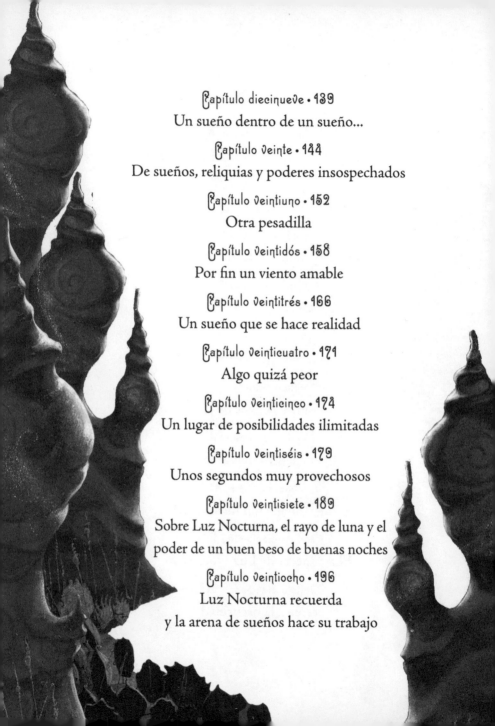

Madre Naturaleza

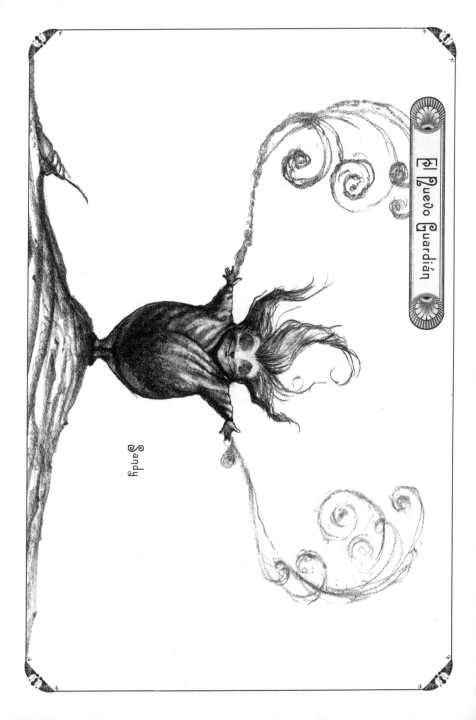

El Nuevo Guardián

Sandy

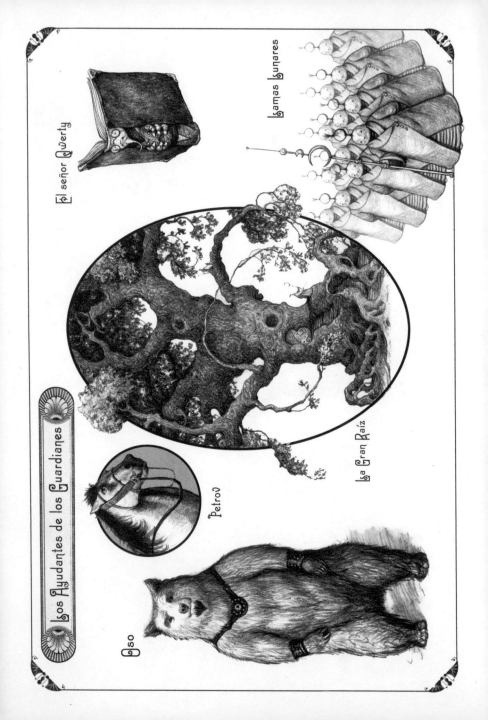

Los Ayudantes de los Guardianes

El señor Qwerty

Lamas Lunares

La Gran Raíz

Petrov

Oso

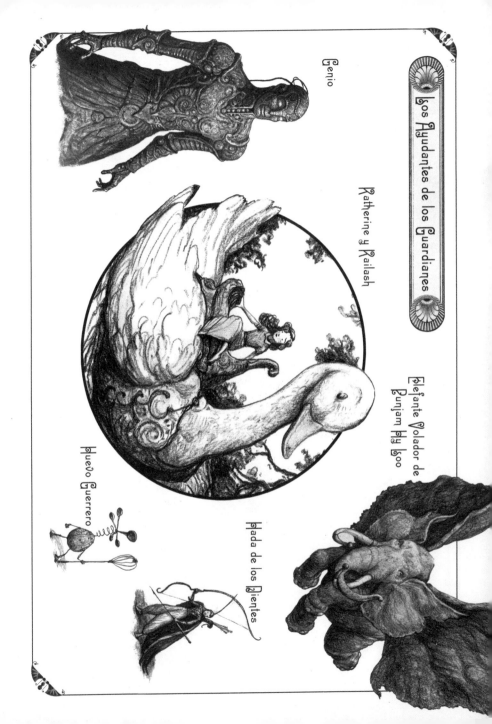

Los Ayudantes de los Guardianes

Genio

Katherine y Kailash

Elefante Volador de Punjam Hy Loo

Huevo Guerrero

Hada de los Dientes

El Galeón de Sombra

Hombre de las Pesadillas

El Pirata de Sueños

Los Malos

Sombra, el Rey de las Pesadillas

Temores

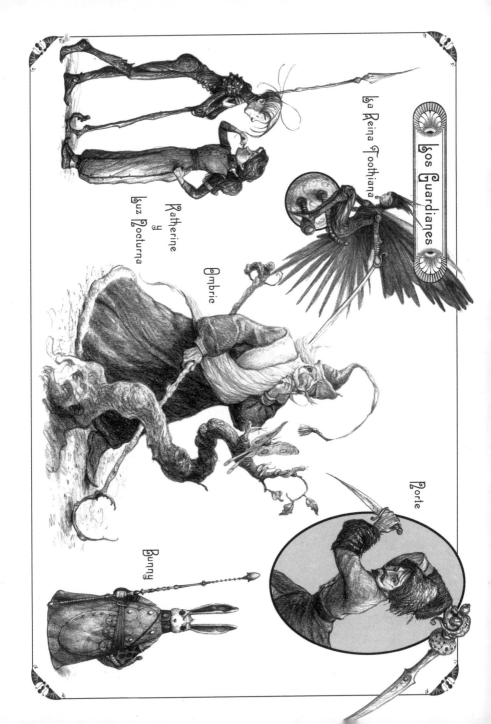

Los Guardianes

La Reina Toothiana

Katherine
y
Luz Nocturna

Ombric

Norte

Bunny

CAPÍTULO UNO

Los Sueños de los que Está Hecha la Materia

EL TIEMPO PASA DE FORMA EXTRAÑA cuando duermes. Cierras los ojos de noche y los abres de nuevo para ver la mañana. Pero las horas pasadas no parecen más que el viaje de una hoja a la deriva arrastrada por la suave brisa.

Lo habitual en los sueños son las aventuras extrañas, asombrosas y terribles. Las tierras incógnitas vienen y van. Los sueños épicos se despliegan. Las guerras se luchan y se ganan. Los seres queridos se pierden y se encuentran. Mientras dormimos, vivimos vidas completamente diferentes. Y después despertamos, con disgusto o alivio, como si no hubiera ocurrido nada.

Pero algunas veces sí pasa algo.

En el mundo de la vigilia, los Guardianes habían perdido a uno de los suyos a manos de una entidad poderosa conocida como Madre Naturaleza.

Pero un extraño hombrecito había estado durmiendo durante más días y noches de los que un calendario puede contar. Aquel dormilón era del color de la arena dorada; a decir verdad, parecía estar hecho de ese material. Y su cabello rebelde se rizaba mientras dormía. Yacía en las dunas del centro de una isla con forma de estrella que a los humanos les resultaba casi imposible de encontrar, ya que no provenía de la Tierra.

La isla no estaba conectada a nada; ninguna masa de tierra bajo el océano la anclaba a un lugar concreto. Era la única isla de nuestro planeta que en realidad flotaba sobre el agua. Por eso, iba a la deriva. En junio podría encontrarse en el océano Pacífico y en julio podría estar alejándose de Madagascar, y solo la Luna y las estrellas sabrían dónde estaba.

Resultaba de lo más apropiado, ya que en el pasado la isla *había sido* una estrella. La había salvado el líder de los Guardianes, el Zar Lunar, o, como le llamamos nosotros, el «Hombre de la Luna». Pero aquello ocurrió hace muchos años.

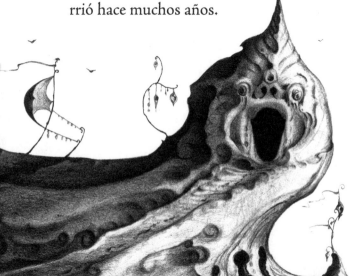

La isla desde arriba

En *esa* favorable noche, el Zar Lunar invocó al hombrecito de aspecto inofensivo que roncaba con suavidad entre las mágicas arenas de la isla.

Pero ¿cómo despertar a un hombre del pasado? Un hombre que había cruzado océanos de tiempo y espacio. Un tipo resuelto que había pilotado la estrella fugaz más rápida de los cielos. Un héroe en diez mil batallas contra Sombra, el Rey de las Pesadillas. Aquel guerrero más bien pequeño había sido en otro tiempo el dador de sueños más valiente que el cosmos hubiera visto. ¿Cómo despertar a un hombre que no ha abierto los ojos desde los grandes y antiguos días de la Edad de Oro?

Como con casi todo, la respuesta era sencilla.

El Hombre de la Luna envió un rayo de luna mensajero con una petición susurrada: «Ojalá me ayudases. Tus poderes son necesarios.»

Los ojos del hombrecito se abrieron inmediatamente. Los siglos de sueño menguaron. Sanderson Mansnoozie se irguió todo lo que pudo. Entonces, el Hombre de la Luna procedió a enviar el mensaje completo. Sanderson Mansnoozie escuchó con atención.

Habían ocurrido tantas cosas mientras dormía…

Sombra había vuelto y de nuevo estaba amenazando las galaxias. Pero el largo reposo de Sanderson Mansnoozie había sido de lo más productivo. Ahora era más poderoso que nunca: tenía potestad sobre el mundo de los sueños. De hecho, cada grano de arena en su isla contenía un sueño, un sueño por cada noche de su reposo casi eterno, y todos eran buenos, lo bastante fuertes para luchar contra cualquier pesadilla.

Cuando el Hombre de la Luna hubo terminado, Sanderson Mansnoozie, extendiendo los brazos, hizo que la isla cobrara vida. La arena se arremolinó a su alrededor y la isla se convirtió en una nube que lo arrastró desde el océano hacia el cielo.

Guiado por los rayos de luna, navegó en la nube dorada hacia su misión: ayudar a los Guardianes. Salvar y rescatar a la niña llamada Katherine. Y detener a Sombra para siempre.

Sandy estaba listo para buscar a su antiguo enemigo y a sus amigos más antiguos. Estaba listo para enfrentarse a cualquier peligro.

Y había muchos.

CAPÍTULO DOS

Regreso a Donde Todo Empezó

PARA LOS GUARDIANES Y SUS ALIADOS, el viaje desde la montaña de la Reina Toothiana en Punjam Hy Loo había sido frenético y lamentable. Después del horror de ver que el huracán de Madre Naturaleza se llevaba a Katherine y Sombra, los Guardianes habían decidido que volverían al pueblo de Santoff Claussen. Santoff Claussen era el lugar donde la magia, la bondad y el valor recibían cuidado y protección. Los Guardianes estaban ligados a aquel sitio, que era donde habían nacido sus nuevas vidas. Para ellos, ese pueblo era su hogar.

Pero los Guardianes se sentían perdidos y rotos. No percibían a Katherine. Ni dónde podría estar. Ni si estaba en peligro o a salvo.

Hogar. Necesitaban la sensación de «hogar»; la seguridad y el calor, las comodidades de ensueño que configuran el «hogar».

Bunny era el último conejo gigante de la Hermandad Pookana y, aunque solo había estado algunas veces en Santoff Claussen, había forjado sus primeras amistades en ese pueblo encantado.

Nicolás San Norte había sido el mayor ladrón de toda Rusia y en una ocasión había intentado robar los tesoros de Santoff Claussen. Pero la bondad que encontró allí cambió el corazón del forajido, que con el tiempo se había convertido en un héroe de habilidad y valor inigualables.

Para Toothiana, Reina de los Dientes, esa sería su

primera visita de verdad. Muchos de sus amigos animales le habían dicho que el pueblo era un paraíso de bondad y respeto hacia todos los seres vivientes. Ya sentía verdadera afinidad con cualquiera que viniera de Santoff Claussen.

Ombric Shalazar deseaba regresar al pueblo que había fundado. Aquel anciano y sabio hechicero esperaba que, al regresar a Santoff Claussen, los Guardianes se recuperaran de las batallas contra Sombra. ¡Menudo villano astuto e incansable era el Rey de las Pesadillas! Los Guardianes lo habían derrotado ya tres veces. Y tres veces había regresado con planes retorcidos que los habían puesto a prueba más allá de lo imaginable. Estaban agotados y descorazonados. Pero Ombric... Ombric estaba a punto de derrumbarse. Su cansancio ahora era igual que su sabiduría y temía perder el delicado equilibrio que lo mantenía preparado para cualquier batalla. *Volver a casa me curará*, pensó. Esperaba que les sentara bien a todos: les daría la oportunidad de reagruparse, reunir fuerzas y volver a aguzar el ingenio. Lo necesitarían si pretendían encontrar a Katherine.

Quizá la niña perdida fuera la más joven de la tropa, si bien en muchos aspectos era el alma más anciana. Era huérfana, al igual que los demás Guardianes, y, como ellos, había encontrado un camino para alejarse del dolor. Pero, a diferencia de los demás, su camino no pasaba por protagonizar osadas proezas, estudiar magia o usar poderes milagrosos. Ella tenía una cualidad casi igual de excepcional: una mente abierta y entusiasta. Tenía el don de observar y escuchar, el don de percibir todas las heridas y los sucesos de las vidas de otros y de entender su propósito.

El corazón y la mente de Katherine se llevaban sus aventuras y las volvían a imaginar, algunas veces tal y extraordinario que jamás recorrió los bosques de Europa. El Oso era tan amable como poderoso. El genio robot estaba a su lado. Ese increíble ser de metal que Norte había construido era capaz de innumerables maravillas. Los tres estaban flanqueados por huevos guerreros de todos los tamaños en posición de firmes. Flotando sobre ellos se encontraba el Ánima del Bosque, con sus titilantes ropajes mecidos por el invisible viento. Tras ellos estaban todas las criaturas del bosque y los aldeanos, todos elegantemente ataviados con el atuendo típico de Santoff Claussen. Incluso los escarabajos y los gusanos llevaban chalecos y sombreros sofisticados.

Y, por supuesto, también estaban los búhos de Ombric. Esas aves misteriosas tenían la habilidad de absorber el conocimiento a través del aire, así que sabían todo lo que había ocurrido durante el funesto viaje de los Guardianes. Dentro de la Gran Raíz, el gigantesco árbol hueco en el centro del pueblo, los búhos habían logrado activar las pantallas mágicas que colgaban en el laboratorio de Ombric.

A partir de las mentes de los búhos, las pantallas habían proyectado lo ocurrido en Punjam Hy Loo para los habitantes de Santoff Claussen. Por tanto, todo el pueblo había visto el encuentro con la Reina Toothiana y el perverso aliado de Sombra, el Rey Mono. Tenían noticia de la batalla contra el ejército de monos durante la cual la hija de Sombra había vuelto y se había llevado a Sombra y a Katherine. Lo sabían todo, excepto un detalle desconocido para los búhos. Un detalle que los tranquilizaría: ¿dónde estaba Katherine?

Cuando el motor de la huevomotora de Bunny se detuvo y dejó de emitir nubes de humo ovales, el pueblo y todos sus ciudadanos se reunieron de nuevo. Cautelosos, intercambiaron saludos y bienvenidas. Los padres abrazaron a sus hijos. William el Viejo estrechó entre sus brazos al menor de los William. Pero la alegría de su reencuentro se vio ensombrecida. Los niños que acababan de regresar del viaje se separaron de los brazos de sus padres y se apiñaron alrededor de Kailash, el ganso gigante blanco del Himalaya que Katherine había criado. El ave descomunal estaba alicaída. Los aldeanos esperaban, más allá de la esperanza, que los Guardianes tuvieran una respuesta sobre el paradero de Katherine, pero como no la tenían, el grupo de héroes estaba de lo más triste. Y cuando el menor de los William fue corriendo hasta el señor Qwerty, la luciérnaga que se había transformado en libro mágico en un momento de absoluta necesidad y cuyas páginas estaban pobladas por las historias de Katherine —esas páginas que eran también las de Katherine, esas historias que eran de ella—, el señor Qwerty se abrió y mostró una página en blanco tras otra. Su vida sin la de Katherine se había detenido. No había historias nuevas más allá de las primeras..., ninguna pista sobre el paradero o el estado de Katherine.

CAPÍTULO TRES

Donde Vemos Muchos Terrores en las Sombras

KATHERINE TAMBIÉN ESTABA PREOCUPADA. Trataba de oír la volátil discusión entre sus captores, pero resultaba difícil. No tenía ni idea de dónde se encontraba, pero, sin duda, nunca había estado en un lugar igual. Y había visto sitios increíbles: los bosques encantados alrededor de Santoff Claussen; el escalofriante esplendor de la guarida de Sombra en el centro de la Tierra; la dorada grandeza de la ciudad subterránea de Bunny, donde todo –incluidos los pomos de las puertas– tenía forma de huevo; el inolvidable palacio de la Reina Toothiana en la cima más elevada de Punjam Hy Loo.

Suponía que aquel lugar repleto de madera donde la retenían debía de pertenecer al imperio de Madre Naturaleza. El suelo parecía estar formado por una combinación de tierra y agua en constante cambio. Lo sorprendente era que no parecía barro, pues los elementos no llegaban a mezclarse. Había espirales de agua rodeando las raíces de los árboles como agujeros en miniatura que se ensanchaban o estrechaban cuando Katherine se movía. La bruma y la niebla giraban en el aire formando delicados patrones. Parecían capas y capas de lazos brillantes que se agitaban y ondeaban mecidos por la brisa constante.

Había árboles de todos los tamaños y estaban muy juntos. El elevado follaje era tan denso que apenas se filtraba luz solar directa. Las escasas ramas bajas que había se rizaban y mecían con la inolvidable elegancia de los brazos de un bailarín.

Aquellas ramas como brazos retenían a Katherine con firmeza al pie de un árbol particularmente grande. Cada vez que pretendía liberarse, las ramas la sostenían con más fuerza. Si intentaba dar un paso, los fosos de alrededor del árbol crecían y se hacían más profundos. El agua era negra y amenazadora.

Así que, de momento, se había resignado a no poder liberarse y se concentró en escuchar con disimulo. La niebla enturbiaba casi todos los sonidos, pero Katherine distinguía las voces de Sombra y Madre Naturaleza. Lo que oía resultaba fascinante y aterrador.

—Me has salvado —empezó a decir Sombra con una curiosa mezcla de orgullo y vulnerabilidad en la voz.

—No —contestó Madre Naturaleza con desdén—. Quien te ha salvado ha sido la niña. La que tú querías convertir en Princesa de las Tinieblas.

Katherine sabía que hablaban de ella. Se había apiadado de Sombra y había evitado que los Guardianes lo mataran. Pero había una frialdad en la voz de Madre Naturaleza que inquietaba a Katherine.

—¿Te has olvidado de mí? —preguntó Madre Naturaleza—. ¡De tu propia hija!

Katherine estaba asombrada de que aquella magnífica mujer de los elementos fuera la hija perdida de Sombra.

La brisa arreció. El aire se estaba enfriando bastante. Ahora Katherine podía ver su propio aliento.

—¡No! —Katherine oyó a Sombra gritar—. No te he olvidado ni un momento.

—¿Y por qué no viniste a por mí? —preguntó Madre Naturaleza con una calma escalofriante.

—¡Lo intenté! Lo intenté… Hace tanto tiempo que lo intenté… —La voz de Sombra se detuvo angustiada.

El silencio de Madre Naturaleza después de aquella amarga confesión fue revelador.

El viento se hizo más invernal. Los encajes de niebla se convirtieron en láminas de rígida escarcha. Katherine comprendió lo que estaba ocurriendo. A medida que la voz de Madre Naturaleza se hacía más fría, también se enfriaba el aire a su alrededor.

—Me has fallado, padre —dijo con voz grave y peligrosa—. Estuve perdida. Lo único que tenía para alimentarme era rabia contra ti. He acudido en tu ayuda solo por... curiosidad. Para ver cómo un hombre que antes era tan grande puede haber caído tan bajo.

Empezó a nevar furiosamente. Katherine se estaba congelando. Ahora podía distinguir a Sombra arrastrándose hacia ella, como si estuviera agonizando. Madre Naturaleza caminaba tras él con paso tranquilo y regio.

—De mí solo recibirás indiferencia, padre. No te entorpeceré ni te ayudaré —explicó—. Solo exijo una cosa a cambio de mi neutralidad: no puedes hacer tuya a esta niña. Jamás. Déjala tranquila o te destruiré. Yo soy tu única hija, para bien o para mal.

Por entonces, Sombra estaba a menos de cuatro metros de Katherine. La nieve era cegadora. Alzó la vista hacia ella. Su mirada había pasado del profundo duelo a la maldad calculadora. Parecía a punto de reír.

—Sí, hija mía —dijo con desdén—. No la tocaré.

Esas serían las últimas palabras que Katherine iba a oír durante mucho, mucho tiempo.

CAPÍTULO CUATRO

Genios y Bromas

HABÍA SIDO UN DÍA largo para todos en Santoff Claussen. Deshacer las maletas siempre es cansado, incluso con magia.

Sin embargo, de no ser por el genio robot, habría sido agotador. El genio fue especialmente útil cuando Norte lo llamó para descargar el tren. Su fuerza era casi ilimitada, así que cargó con muchas docenas de fardos enormes mientras llevaba a los niños a caballito hasta el pueblo.

–Gracias, genio –exclamó el menor de los William cuando el robot metálico dejó a toda la familia y sus pertenencias en casa.

—El gusto ha sido mío —dijo el genio del modo habitual: nítido, exacto y con un tono de carillón, como si fuera una caja de música parlante.

Norte, Ombric, Toothiana y Bunny estaban instalándose en el cómodo hueco de la Gran Raíz. El interior del gigantesco árbol estaba más ordenado que cuando se fueron. En su ausencia, los búhos habían organizado una brigada de limpieza con los insectos y las ardillas.

Norte, Ombric y Bunny estaban buscando en los volúmenes recién compuestos de la biblioteca cualquier pista que les indicara el paradero de Madre Naturaleza, mientras que Toothiana, que también hablaba con fluidez la lengua de los búhos, interrogaba a las aves sobre asuntos de interés mutuo. Estaban desesperados por empezar a buscar a Katherine.

Desde el principio, los Guardianes habían tenido la habilidad de sentir los pensamientos y las emociones de los demás cuando hacía falta. Aunque estuvieran en otra habitación o en el otro extremo del mundo, podían advertir una llamada de auxilio. Por eso resultaba tan raro no haber oído nada de Katherine. Y el hecho de que la mujer que se la había llevado fuera la hija de Sombra les preocupaba profundamente. Aunque resultara claro que la tal Madre Naturaleza poseía un enorme poder, los Guardianes no tenían ni idea de cómo lo había adquirido. Ni siquiera estaban seguros del alcance de sus poderes. O de si era buena, mala o ambas cosas.

Norte estaba demasiado frustrado y exteriorizaba todos sus pensamientos:

—Sabemos más sobre chocolate a la taza que sobre la hija de Sombra y el modo en que se ha convertido en la tal... Naturaleza Madre o Madre Naturaleza. Se supone que somos los hombres más sabios del...

Bunny se sintió obligado a interrumpir a su amigo.

—Vosotros dos sois, en efecto, *hombres*, y poseéis una cantidad impresionante de conocimiento en comparación con los humanos de vuestra generación. Pero, querido Norte, ¿debo recordarte que yo soy un pooka y no un hombre?

Algunas veces la naturaleza precisa y exacta de Bunny podía ser involuntariamente divertida... o inadvertidamente irritante. A menudo, las dos cosas a la vez. Norte miró al enorme conejo, que era más alto que él. Dio un toque con un solo dedo a una de sus descomunales orejas.

—¡Atiza, tienes razón! Nunca me había fijado en tus orejas.

Bunny parpadeó dos veces. Agitó un poco una oreja. También meneó la nariz.

—¿De verdad? ¿Nunca te habías fijado en mis orejas? ¡Ah! Entiendo —respondió—. Ha sido un ejemplo del peculiar método de comunicación humana conocido como «sarcasmo».

—O un chiste —dijo Norte sonriendo con complacencia—. Algún día te haré reír, Bunny.

—¿Yo, reír? —El conejo se mostró particularmente confuso.— Eso sería histórico. Los pookas no se ríen.

Norte sonrió.

—Ni en broma.

—En realidad, no. Es decir, sí. Bueno, en cualquier caso, no estoy «de broma» como dices. Los pookas nunca ríen, que yo sepa, y bromear nos resulta muy difícil.

—¡Ya lo *sé*! —exclamó Norte.

—Entonces, ¿por qué lo has dicho? ¡Oh! Estabas repitiendo un hecho obvio para enfatizar tu percepción de que en un principio yo no tenía que haber afirmado nada. En otras palabras, estás usando el sarcasmo o haciendo un chiste.

—No —dijo Norte—. Solo estaba bromeando.

Las orejas, la nariz y los bigotes del conejo se agitaban enloquecidamente.

—Yo... Tú... Eso... en realidad no tiene sentido.

—¿De verdad? —preguntó Norte—. ¿Estás de broma?

—No. Es decir, sí. Espera. Sí a la primera pregunta y no a la segunda. Pero ¿estás bromeando conmigo o haciendo un chiste a mi costa?

—Ninguna de las dos cosas —contestó Norte. Estaba profundamente complacido. Por fin había descubierto una forma de confundir al brillante conejo—. Solo estaba haciendo el tonto.

—Mira —dijo Bunny agitando todo su cuerpo—, he intentado aceptar esa cosa que llamáis «humor», pero no veo la diferencia entre «bromear», «hacer un chiste» y «hacer el tonto».

—¿O burlarse? —añadió Norte.

—Eso... Bueno... es...

—¿O mofarse?

—No... Quiero decir que...

—¿Y qué hay de tomar el pelo?

—¿El pelo? ¿Para tomar? ¿Quién querría hacer eso? —preguntó el conejo.

—Nadie. Solo pretendo hacerte cosquillas en el hueso de la risa —dijo Norte sonriendo.

El conejo, no obstante, jadeaba de frustración.

—¿De qué estás hablando? Ninguna criatura conocida tiene un hueso así. El humor es una actividad mental y no tiene nada que ver con el sistema óseo. ¡Afirmar eso es una sandez!

—¡EXACTO! —vociferó Norte.

Ombric había estado evitando hacer caso a sus dos compañeros. Estaba concentrado en uno de los libros ovales de Bunny.

El mago estaba asombrado: el conejo tenía un enorme registro de todos los acontecimientos naturales de la Tierra. Y era de esperar. Era una criatura en armonía con la naturaleza, más que cualquier humano. Resultaba sorprendente el modo en que había escrito sus libros: utilizaba las exageradas oraciones técnicas y estereotipadas de la literatura pookana. La Tierra solía describirse como «el orbe planetoidal». Los terremotos eran «sucesos de desplazamiento de tierra firme de gran volumen», y así sucesivamente.

En mitad de un capítulo titulado «Fenómenos interestelares peculiares desde el amanecer del tiempo hasta el martes pasado», Ombric encontró algo que se describía como «materia sólida extraterrestre de cierto interés que se ha precipitado a través de la atmósfera sobre el enorme cuerpo de fluidos oceánicos de la región meridional pan-pacífica durante el mil-millonésimo ciclo equinoccial». En otras palabras, un meteorito o una estrella fugaz había caído en algún lugar del océano Pacífico en torno al final de la Edad de Oro. Ombric se sorprendió al descubrir que, poco después de aquel suceso, el clima de la Tierra había cambiado de forma drástica. Antes apenas había tormentas de ningún tipo, pero desde la llegada de aquel meteorito, la naturaleza se había vuelto muchísimo más rigurosa. Impredecible. *¿Será este el origen de Madre Naturaleza? ¿Habría llegado aquí la hija de Sombra en una estrella fugaz?*, se preguntaba Ombric.

En ese momento, Luz Nocturna voló a través de una de las ventanas que había en los nudos de la Gran Raíz. Como era el Guardián con la conexión más fuerte con Katherine, el niño sabía antes que los demás si ella estaba en peligro o no. Ahora el pobre muchacho parecía afectado.

Un terror espantoso y repentino se apoderó de todos. Estaban seguros de que Katherine estaba en grave peligro. Los búhos empezaron a ulular. Las plumas de Toothiana se pusieron de punta.

CAPÍTULO CINCO

Toma una Lágrima, Salva una Historia

LA NOCHE ERA OSCURA Y OPRESIVA. Las estrellas mismas parecían encogerse. La cabaña del árbol de Katherine estaba enclavada en las ramas superiores de la Gran Raíz. A pesar de la ausencia de la niña, no se podía decir que estuviera vacía. Kailash, que ya había completado su crecimiento, descansaba en un enorme nido que servía de techo a la cabaña del árbol. Kailash superaba en tamaño a cualquier otra especie de ganso. Incluso era muy grande dentro de su propia especie. La envergadura aproximada de sus alas era de catorce metros; cuando descansaba en su nido, tenía más altura que cualquier persona.

Pero era de naturaleza amable y sus emociones todavía resultaban infantiles. Estaba apenada por la desaparición de Katherine y apenas podía alzar su largo cuello para responder a las atenciones que le dedicaban algunos niños que se habían escapado de sus camas para consolarla. Estaban Petter y su hermana Sascha; los hermanos William; incluso Niebla, que solía tener demasiado sueño para las aventuras nocturnas. Acariciaban a Kailash, alisaban sus plumas e intentaban convencerla de que comiera. Pero el ganso gigante se limitaba a piar con tristeza.

Petter, que tenía buena intuición para animar a los demás, propuso al señor Qwerty que contara alguna de las historias de Katherine.

Este se abrió a sí mismo para leer una de las primeras historias de la niña, pero su voz se quebró y vaciló. Las lágrimas llenaban sus ojos y discurrían lentamente por la elegante encuadernación de cuero de su lomo de libro.

Ninguno de los niños había visto a un libro llorar de verdad, aunque no resultaba sorprendente, ya que nunca antes había habido un libro capaz de hacerlo. Pero las lágrimas que caían de las páginas sobre las suaves hojas que rodeaban el nido de Kailash les sorprendieron aún más. Cada lágrima contenía una letra, una interrogación o cualquier otro signo de puntuación.

Sascha comprendió las consecuencias de aquello.

—¡Es la caligrafía de Katherine! —jadeó—. Por favor, no llores, señor Qwerty. ¡Estás llorando las historias de Katherine!

Pero eso hizo que el pobre libro sollozara con más fuerza. Las lágrimas y las letras empezaron a manar a una velocidad alarmante. Si aquello continuaba, todas las historias de Katherine se derramarían.

Los niños estaban desesperados y Kailash también empezó a llorar. Fueron a consolar a la gansa. Después se volvieron al oír que algo había aterrizado en el lado más alejado del nido. ¡Luz Nocturna había vuelto! Estuvo con ellos antes, pero no parecía él mismo. Había estado malhumorado, taciturno y casi asustado. Después se había marchado a toda prisa. Pero ahora había vuelto a ser el Luz Nocturna de siempre. Brillaba, parpadeaba y agarraba cada lágrima que caía. Tenía habilidades increíbles con las lágrimas. Los niños ya lo habían visto antes. En una ocasión había tomado sus lágrimas y las había usado para reparar su daga diamantina, que podía atravesar cualquier armadura. Pero esas lágrimas eran distintas. Las acunó entre sus manos con extraordinaria ternura, como si sostuviera el más delicado tesoro. Eran las palabras y los pensamientos de Katherine. Aquel era un tesoro que no podía perderse nunca. Se metió las lágrimas parlanchinas en el bolsillo.

Después miró a los niños, a Kailash y al pobre señor Qwerty, que afortunadamente había dejado de llorar. ¿Qué esperanza podría ofrecerles? Sabía que Katherine corría un peligro terrible y no tenía ni idea de cómo ayudarla. ¿Cómo iba a consolar a sus amigos…, a los amigos de Katherine?

Notó cómo se apagaba de nuevo. Ahora verían ellos mismos su propia desesperación.

Pero Luz Nocturna era una criatura de luz y podía brillar o presentir lo que había en una sombra mejor que cualquier otro ser. Así que, por supuesto, fue el primero en advertir, desde la sombra del ocaso de la Gran Raíz, una luz en el cielo que se dirigía hacia ellos. Una especie de nube lustrosa y radiante.

Sintió el regreso de la esperanza y se iluminó mientras se inclinaba hacia la luz. Los demás se volvieron en busca de lo que Luz Nocturna estaba mirando. Uno a uno, todos gritaron al ver la nube, una nube diferente a todas las que habían visto…, una que les hizo sentir que la esperanza algunas veces viaja durante la noche más oscura.

CAPÍTULO SEIS

La Llegada de Sandy

LUZ NOCTURNA HABÍA SALIDO VOLANDO de repente por la ventana, dejando a Norte con la palabra en la boca. El niño estaba desesperado por ayudar a Katherine, y Norte había estado intentando calmarlo. A pesar de su valor y sus poderes, Luz Nocturna no estaba acostumbrado a controlar sus sentimientos. En especial el dolor y la preocupación. Quería hacer algo. ¡Deseaba ayudar a Katherine inmediatamente!

Norte era quien mejor entendía lo mal que lo estaba pasando Luz Nocturna, ya que de joven había sido tan alocado y despreocupado como el niño espectral. Al fin y al cabo, había vivido como un salvaje en el bosque ruso y se había criado con bandidos cosacos, que es casi lo mismo que ser criado por osos. Pero sus intentos por tranquilizar la ansiedad de Luz Nocturna habían durado seis palabras antes de que el joven desapareciera.

Bunny presintió la preocupación de Norte.

—Según mis observaciones, la mayoría de las especies padece una inclinación al comportamiento confuso con mayor frecuencia en el periodo entre la infancia y la edad adulta —dijo el pooka.

—Imagina que puede solucionarlo todo por su cuenta —afirmó Norte mientras miraba al conejo—. Una característica muy común en muchas especies, con independencia de su edad.

Dio un golpecillo a una de las orejas del conejo.

—No sé qué insinúas, Norte —repuso Bunny—. *No me gusta* averiguar todo. ¡Sencillamente lo hago!

Antes de que Norte le diera una respuesta tajante, percibieron una intensa y nítida sensación de ligereza a su alrededor. No solo había un brillo sobrenatural en el aire interior del árbol; incluso la gravedad parecía perder fuerza. Se sintieron, literalmente, ligeros como plumas.

—¿Alguien está hechizándonos? —preguntó Ombric, mirando a los demás.

Un sonido relajante los envolvió. Ombric se atrevió a adivinar su origen:

—Es como la arena de mil relojes cayendo a la vez.

En circunstancias normales, la esfera del extremo de la espada de Norte habría emitido algún tipo de aviso, pero estaba claro que no encontraba nada de lo que alarmarse. Incluso cuando los tres Guardianes empezaron a flotar sobre el suelo —primero unos centímetros, después más arriba y más arriba—, la esfera permaneció en silencio. Unos rizos elegantes de arena dorada y luminosa surgieron de entre los tablones del suelo y los empujaron con cuidado, pero firmemente, a través de la gigantesca ventana hasta las ramas superiores de la Gran Raíz.

Resultaba curioso que ninguno de ellos se sintiera en peligro mientras flotaba cada vez más alto. Más bien experimentaban una calma increíble, como si aquel acontecimiento sin precedentes fuera sencillamente la manera en que las cosas deberían suceder, lo cual parecía igual de extraño. ¿Los habrían drogado a todos? ¿Sería aquello una forma nueva de magia? De ser así, no notaban que fuera oscura.

Al acercarse a la cumbre del árbol, las espirales de arena parecieron asentarse más en sus pies. Para su asombro, podían ver que todas las demás criaturas de Santoff Claussen, humanos o de otro tipo, también estaban flotando en el cielo del ocaso. El Oso, Petrov el caballo, incluso el Ánima del Bosque y la Reina Toothiana... Todos estaban ascendiendo y girando alrededor de la Gran Raíz.

Cuando llegaron arriba y estuvieron a la altura de la cabaña de Katherine, vieron a Kailash rodeada por los niños. Los que estaban en el nido parecían cautivados por algo diferente. Justo por encima de ellos flotaba un hombrecito redondo. Tenía el pelo dorado, revuelto y arremolinado, y parecía que brillaba desde el interior.

Luz Nocturna estaba debajo del hombrecito, y los aldeanos observaron cómo se arrodillaba, como si aquel hombre fuera un rey o algo parecido. El hombre parecía muy amable; tenía una sonrisa luminosa. Era una sonrisa de lo más reconfortante que provocaba en todo aquel que la miraba un intenso sentimiento de bienestar. No alegría, sino algo similar a la paz del sueño. Una especie de sensación de no-hay-preocupa-ciones-en-el-mundo. Ninguno, ni siquiera los Guardianes, podía quitar los ojos del amable tipo. Y aunque no hablaba, oyeron, a través de su corazón, que les susurraba una sola frase: *Es hora de soñar*. Después, con un gesto de las manitas, la arena empezó a girar a su alrededor. No les hacía daño ni se les metía en los ojos. Más bien parecía el cosquilleo de una sábana suave. A continuación todos, hasta el Oso, se sumieron en un profundo y reparador sueño.

Pero no era un sueño ordinario: empezaron a compartir una experiencia que semejaba un sueño, ya que parecían dormidos, pero cada momento resultaba asombroso y, de algún modo, sabían que era totalmente cierto. Sintieron que aquel hombrecito simpático les entregaba una historia del mejor modo que sabía. Y estaban seguros de que recordarían cada detalle, puesto que el señor Qwerty, que era el único que no dormía, estaba escribiendo toda la historia de aquella experiencia onírica en sus páginas. Sabía que a Katherine no le importaría. Le gustaban las buenas historias.

Además, era posible que esa narración ayudara a salvar su vida. Empezaba así…

Me llamo Sanderson Mansnoozie y no tengo edad.

Mi historia es la historia de muchos sueños. Los sueños no existen en el reino de las horas, de los minutos o de cualquier medida del día. Viven en un espacio entre el tic y el tac. Antes de que suene la campana, antes del alba y más allá de la aterciopelada noche. Soy de un lugar que fue un sueño, un lugar llamado la Edad de Oro. Y aunque sea un lugar del pasado, no ha desaparecido. El sueño de lo que era sigue vivo.

Que os lo cuente lo hará posible.

Durante la Edad de Oro fui un capitán estelar; había nacido para guiar a las estrellas inquietas. Las estrellas son un fenómeno sorprendente... Todas menos las más raras se quedan en su sitio. Se las puede ver en el cielo nocturno y siempre se las podrá ver. Pero algunas —escasas y valiosas— son inquietas, y avanzan y avanzan, ya sea porque tienen demasiada energía, por curiosidad o incluso por ira... Las conocemos como «estrellas fugaces».

Como piloto de estrellas, pertenecía a la Liga de Capitanes Estelares, una hermandad alegre dedicada a conceder deseos. Cada uno de nosotros dirigía una estrella fugaz. En la punta de esas estrellas había una cabina, un sitio brillante y compacto, bastante parecido a una litera. Viajábamos a donde queríamos, pasábamos junto a planetas al azar y escuchábamos los deseos que se pedían a nuestro paso. Si un deseo era digno,

el honor nos obligaba a contestar. Enviábamos un
sueño a quien hubiera formulado la petición. El
sueño acudiría a esa persona mientras dormía y en
su reposo habría una historia.

Si la historia era lo bastante poderosa, la
persona podría recordarla para siempre y la guiaría
en su misión de hacerla realidad. Esos sueños
estaban entre los mayores tesoros de la Edad
de Oro. Pero para crear el sueño teníamos que
estar dormidos. Así que solíamos dormir y soñar
incluso cuando volábamos, y nuestras estrellas nos
despertaban si acechaba algún peligro.

Y el peligro no era difícil de encontrar.
Los piratas de los sueños merodeaban en todas
las galaxias. Eran criaturas malvadas y atrofiadas
que vivían de robar sueños. Al principio de la Edad
de Oro, saqueaban sin piedad tesoros de sueño
a cambio de un rescate. Pero después descubrieron

un motivo mucho peor para sus crímenes. Si consumían un sueño, todas sus maldades se volvían más fuertes, más vigorosas y más poderosas.

Los capitanes estelares luchamos en cientos de batallas contra los piratas de los sueños, al menos hasta la gran guerra que acabó con ellos. No nos faltaba ayuda: los demás planetas y constelaciones de la Edad de Oro se unieron y formaron la mayor flota del universo conocido. La dirigía el capitán más brillante y valiente de la historia, Kozmotis Sombriner, el Señor General Mayor de las Galaxias. Fue el señor Sombra –como lo llamaban sus marineros– quien recorrió incesantemente cada rincón de los cielos cazando una legión de piratas tras otra. A pesar de su victoria y de haberse convertido en el mayor héroe de la Edad de Oro, pagó el precio más terrible. Y entonces fue cuando la historia de mi vida dio un giro inesperado.

La tragedia de Sombra y lo que le hizo caer se convirtieron en el centro de mi viaje. Esta es la historia de Sombra y su hija perdida.

De cómo ella se perdió.

De cómo Sombra se envileció más allá de la curación.

Y de cómo su hija se convirtió en quien vosotros llamáis «Madre Naturaleza».

CAPÍTULO OCHO

El Corazón se Convierte en Presa

La Guerra de los Piratas de los Sueños fue feroz y sangrienta. Los piratas sabían que, si perdían, nunca volverían a ser tan poderosos como hasta entonces lo habían sido. Así que adoptaron tácticas más astutas, retorcidas y crueles: destruían planetas, extinguían estrellas, eliminaban constelaciones enteras.

Durante eones, se había considerado a los piratas criminales peligrosos. Para las gentes de la Edad de Oro eran un mal que había que erradicar. Pronto el odio se convirtió en el centro de la guerra, y el odio es una fuerza poderosa. Puede empeorar a hombres

malos y llevar al borde de la locura a hombres
buenos.

El señor Sombra había sido noble y justo
al principio de su campaña. Combatió a los piratas
con honor. Cuando derrotaba sus naves, apresaba
a los supervivientes. Los alimentaba bien y los
instaba a abandonar su malvada vida.

Pero los piratas veían ese gesto de humanidad
como una flaqueza, la cual podrían utilizar contra él.
Hasta entonces, habían fracasado en sus intentos por
asesinar al señor Sombra, y se lo habían propuesto
muchas veces. Sin embargo, después comprendieron
mediante fríos cálculos que si no lograban matar su
cuerpo, sencillamente destruirían su alma.

Empezaron a buscar lo que más importaba al
valiente marinero: su familia. La mujer y la hija del
señor Sombra estaban a salvo en la pequeña luna de
un planeta situado en el corazón de la constelación

de Orión. Era una luna muy hermosa y estaba bien protegida por muchos asteroides que la rodeaban. Cada asteroide era una pequeña fortaleza armada con un pelotón de élite de los ejércitos de la Edad de Oro.

El señor y la señora Sombriner eran unos padres muy cariñosos y su palacio era un lugar sorprendente para criar a su joven hija, Emily Jane. Era una niña inquieta y feliz, con una melena negra tan abundante y sedosa que parecía la crin de un caballo, lo cual le iba bien, ya que siempre estaba correteando. Al igual que a su padre, le gustaba navegar. Pasaba el tiempo en su pequeña goleta, aventurándose alrededor de la luna y sus asteroides.

La señora Sombriner, siempre ocupada en cuidar de su única hija, solía ordenar a Emily Jane que no se alejara, que llevara consigo a un guardia o que, sencillamente, se quedara en casa. Pero ella desobedecía a su madre con frecuencia. No podía evitar escaparse sola y hacer lo que le apetecía. A su padre le encantaba el corazón indómito de aquella niña, por lo que hacía la vista gorda ante aquellas rebeliones náuticas.

El destino puede ser tan peculiar como cualquier sueño o historia, pues una de esas pequeñas aventuras secretas salvó la vida de Emily Jane.

Había noticias de la presencia de los piratas de los sueños junto a la punta de la espada de Orión. El señor Sombra se despidió a toda prisa de su mujer y de su hija antes de salir al encuentro de aquellos canallas. A la familia nunca le había gustado decir adiós; intentaba no pensar en los peligros que acechaban. Pero esta vez Emily Jane había hecho para su padre un guardapelo con una imagen suya en el interior. El señor Sombra estaba muy contento; se lo puso al cuello y la besó.

—Volveré pronto —le dijo.

—¿Lo prometes? —preguntó ella.

—Por mi alma —replicó él.

El señor Sombra era un hombre de palabra.
Y se aseguró de que su familia estuviera a salvo. La
luna donde estaba su hogar tenía muchas defensas
contra un ataque a gran escala.

Pero los piratas de los sueños no habían
planeado un ataque de ese tipo. Tenían en mente
algo profundamente siniestro.

Varias docenas de piratas, sombríos
y expertos, sortearon a cada guardia, cada puesto
y cada defensa y llegaron hasta la villa del señor
Sombra.

La villa, con sus grandes espacios y sus
columnas, casi parecía un castillo. Se había
esculpido en roca lunar, por lo que las habitaciones
poseían un reflejo luminoso tranquilizador y fresco,

incluso durante las noches más sombrías. Pero
aquella noche parecía más oscura que las demás.

Todos en la villa dormían salvo Emily Jane.
Después de la hora de acostarse había salido por
la ventana del dormitorio y se
había metido en la goleta, que
estaba atracada muy cerca. No
había avanzado demasiado
cuando vio un banco de peces
estrella que nadaba muy bajo en
la atmósfera de la luna. Le encantaban los peces
estrella; uno de sus juegos favoritos era atar la
goleta al cabecilla y navegar con ellos mientras se
precipitaban y buceaban por cañones cerca de su
casa.

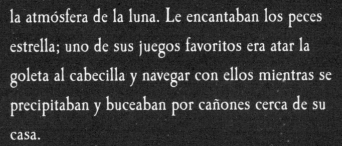

Los piratas de los sueños estaban tan
centrados en penetrar en la villa que no vieron
a la niña escapar. Emily Jane ya se había marchado

Pez estrella

cuando los piratas rodearon la construcción
y se disponían a atacar. Podían sentir los sueños
adormilados de la señora Sombriner y sus
empleados. Para los piratas, los sueños eran como
la sangre para un vampiro. Los sueños les daban
hambre y a veces los volvían estúpidos. ¿Podían
percibir los sueños de la hija del señor Sombra?
Estaban demasiado impacientes y trastornados para
asegurarse de ello.

    –Debe de estar en alguna parte –razonaron.

    Y entonces cargaron.

    El ataque de los piratas de los sueños es
rápido e irregular. Como fantasmas torpes, suelen
volar dando bandazos y sacudidas; por lo general,
destruyen todo a su paso.

    La señora Sombriner se despertó sorprendida
cuando los piratas se abrieron paso en la casa y se
acercaron cada vez más a donde estaba. Podía oír

que las alarmas sonaban, pero ¿llegaría a tiempo la ayuda? Lo dudaba. Corrió al dormitorio de Emily Jane y cerró la puerta con llave. Pero la cama estaba vacía. Ni siquiera había quitado la colcha.

¡Bien!, pensó la señora Sombriner. *¡Ha salido en su nave!* Por una vez, estaba más agradecida que enfadada por que su hija fuera tan rebelde.

Los piratas estaban golpeando con fuerza la puerta. La señora Sombriner solo tenía un instante para actuar. *Estarán buscándonos a las dos,* pensó. Agarró una muñeca grande, la apretó entre sus brazos, como si fuera Emily Jane, y se sentó muy quieta. La puerta quedó hecha añicos y los piratas entraron a empellones. La señora Sombriner conocía el horrible destino que aguardaba a los prisioneros de los piratas de los sueños: les sorbían los sueños del alma y los convertían en esclavos sin voluntad... o en algo aún peor.

vieran los piratas, echó a correr hacia la ventana.
La atravesó. El cristal se hizo añicos. La señora
Sombriner desapareció.

Los piratas se agolparon en la ventana
y miraron hacia abajo. La caída era de casi dos
kilómetros. Emily Jane había oído las alarmas
y las explosiones haciendo eco en las gargantas por
las que había navegado. Aquel alboroto solo podía
venir de su casa. Conocía el sonido de un ataque
de los piratas de los sueños. Asaltaron la nave de
su padre cuando su madre y ella habían llegado por
primera vez a la luna. Y aunque fuera una rebelde, no
era tonta. Se quedó con los peces estrella. Quizá si
navegaba con ellos, no la verían. Los peces estrella

nadaban con mucha rapidez por las gargantas, casi
aterrados por el ruido de la batalla.

Por los espacios entre las cimas de los cañones,
Emily Jane observó con horror cómo acribillaban
su palacio a explosiones. Distinguió la ventana de
su propio dormitorio, luego, el horrible sonido del
cristal roto, y después, la caída de la inconfundible
silueta de su madre.

Apartó la vista, cerró los ojos con tanta fuerza
como pudo y no quiso abrirlos. Dejó que los peces
estrella la llevaran donde quisieran. Los peces
nadaron y nadaron, alejándose de la luna asediada,
a través de anillos de meteoros, hacia el océano
del espacio. Pronto Emily Jane no oiría más que el
tranquilizador sonido del viento mientras la llevaban
cada vez más lejos hacia la eternidad del espacio,
dejando atrás su perdido hogar.

◆

CAPÍTULO NUEVE

Una Niña Perdida
y un Titán Encontrado

De este modo, Emily Jane se alejó de su casa y de su dolor hasta que llegó a un lugar seguro: la constelación llamada Typhan. Antes de la Guerra de los Piratas de los Sueños, Typhan había sido el creador de tormentas y era un aliado poderoso de la Edad de Oro. Podía conjurar vientos solares tan vastos y terribles que, si hacía falta, desperdigaban flotas enteras de galeones pirata.

Pero los astutos piratas de los sueños habían conseguido vengarse de él y hacer que fuera inofensivo: habían hecho desaparecer las estrellas de sus ojos. Una vez ciego, no podía ver los ataques de los piratas.

Y habían sido despiadados: habían extinguido tantas de sus estrellas que su silueta, antaño definida, casi había desaparecido. Ahora era simplemente una sombra olvidada de lo que había sido y había perdido el deseo de formar tormentas o de luchar. Se había convertido en un titán triste y lastimero. Solo los inofensivos peces estrella nadaban entre las pocas estrellas y lunas que quedaban de Typhan.

Cuando los peces estrella fueron tejiendo su rumbo junto a la cabeza de Typhan, Emily Jane estaba tan ciega ante el dañado gigante como él lo estaba ante ella. Únicamente pensaba en su pobre madre, en su hogar perdido y en el sentimiento de estar más perdida que ningún otro niño.

–¡Padre! –gritó al fin–. ¡Ven a buscarme! ¡Por favor! ¡Por favor! ¡Estoy tan sola!

Typhan oyó sus gritos. Desde que destruyeron sus ojos, lo único que había percibido eran las burlas y las carcajadas de los piratas de los sueños. Pensaba que nunca volvería a oír una voz que no hubiera sido forjada por la crueldad.

–Niña –murmuró–, ¿cómo has llegado hasta aquí?

Incluso en un murmullo, su voz podía llenar una galaxia; era una voz fuerte y amable, como una tormenta de verano que acaba de pasar.

Sorprendida, Emily Jane miró hacia arriba y vio lo que quedaba del gigante de luz astral. Como todos los hijos de la Edad de Oro, había aprendido los nombres y las formas de las constelaciones, por lo que reconoció de inmediato la sombría cara.

Con lágrimas en los ojos, le contó a Typhan quién era y los horrores de su viaje. Aquello emocionó al gigante que, por primera vez desde su ceguera, sintió un eco de su fuerza pasada. Ambos habían sido víctimas de los piratas de los sueños y se habían quedado con unos destinos solitarios. Invocó una brisa que llevó a Emily Jane y a sus peces estrella a una luna cercana a las estrellas de su oreja derecha. Los viajeros estaban exhaustos y el descanso fue bienvenido. Cuando aterrizaron entre cráteres polvorientos, Typhan habló de nuevo:

–Niña –dijo–, no estás sola.

Aquellas palabras fueron como un escudo de bienestar para Emily Jane. Se sintió más segura, incluso esperanzada. Mientras el agotamiento la arrastraba a un largo sueño, ella pensaba una y otra vez: *Mi padre me encontrará de algún modo.*

CAPÍTULO DIEZ

El Sueño se Convierte en Pesadilla

Cuando al señor Sombra le llegó la noticia de que habían atacado a su familia, comprendió que lo habían engañado. No había piratas esperándolo donde le habían dicho. Así que hizo que su flota regresara a una velocidad que nadie habría creído posible. El palacio y la mayor parte de su luna ahora no eran más que ruinas chamuscadas. Los piratas trataban de huir a bordo de sus alargadas naves cuando la flota del señor Sombra los rodeó. No esperaban que volviera tan rápidamente.

El señor Sombra quería a los piratas vivos.

—Puede que mi mujer y mi hija estén con ellos

—les dijo a sus lugartenientes.

Los piratas estaban en absoluta desventaja.
Sabían que era inútil luchar y confiaban en la
compasión del señor Sombra. Se rindieron sin
disparar un solo tiro.

Pero cuando subieron a bordo del buque insignia,
no se enfrentaron al noble guerrero al que
a regañadientes habían llegado a respetar. Se
enfrentaron a un hombre al borde de la locura.

—¿Y mi mujer y mi hija? ¿Dónde están?
—exigió el señor Sombra.

El capitán de los piratas
de los sueños dijo con
desagrado:

—Se nos negó el placer de
vaciarlas de sus sueños.

—¿Os detuvieron antes?
—No, mi señor.

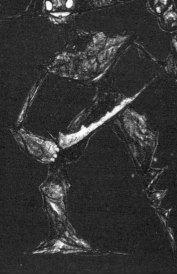

—¿Les habéis hecho daño?

—No, mi señor —replicó el capitán. Sus labios se curvaron formando una sonrisa pequeña y satisfecha—. Están muertas.

El señor Sombra permaneció impasible. Era un caballero de la Edad de Oro, un comandante de sus ejércitos. Incluso en ese momento, supo que debía mantener su juicio y compostura. Pero el capitán pirata disfrutaba mucho haciéndole daño.

—Vuestra señora temía tanto nuestra compañía que se lanzó a su perdición y se llevó a la niña con ella —alardeó el capitán.

El señor Sombra apenas podía hablar. Miró a los piratas uno a uno.

—¿Es eso cierto?

El capitán sonrió.

—Es cierto, mi señor. Lo vi yo mismo. Lo vimos todos.

El señor Sombra, acercando su rostro
a unos centímetros del del capitán, dijo con calma
medida:

—Fija tus ojos en los míos. Son lo último que
verás.

Y, con una rapidez sorprendente, desenvainó su
espada y le cortó la cabeza.

Avanzó a toda prisa hacia el siguiente pirata y,
antes de que nadie pudiera decir una palabra, golpeó
de nuevo. Otra cabeza cayó sobre la cubierta. Los
piratas jadeaban y tiraban de sus cadenas, pero el
señor Sombra continuó.

Su propia tripulación arrastraba los pies
y murmuraba con inquietud. ¿Era aquel su general?
¿El más gallardo de la Edad de Oro? El señor
Sombra fue metódico y no se detuvo. Todos los
piratas, así como la clemencia del señor Sombra,
habían muerto en menos de lo que dura una canción.

CAPÍTULO ONCE

Una Relación Tormentosa

La vida de Emily Jane con Typhan se ajustaba a su naturaleza. Él había sido un dios de las tormentas, y ahora se entretenía conjurando tempestades para que ella las montara. Al principio, ella cabalgaba sobre las olas de viento solar que soplaba Typhan, pero con el tiempo le enseñó a hacer tormentas por sí misma. La consagró como su hija y, desde entonces, Emily Jane pudo convocar el poder de los cielos. El viento, la luz de las estrellas y la gravedad estaban a sus órdenes. Se había convertido en una hermana de los cielos y tenía un compromiso de honor para usar su poder solo para el bien.

Emily Jane nunca se cansaba de convocar borrascas juguetonas; las montaba hasta quedar exhausta. Con aquella angustia que la devoraba, era lo único que sabía hacer para sentirse en paz. ¿Dónde estaría su padre? ¿Por qué no había ido a buscarla? Typhan era amable, incluso la quería. Con el tiempo, empezó a sentir fascinación por él, pero la fascinación no es afecto ni amor. No curaba su dolor. Se quedaba con Typhan porque suponía, contra toda esperanza, que si permanecía en un lugar, cabría la posibilidad de que su padre lograra encontrarla. Pero, cuando los peces estrella nadaban para enviar un mensaje de Emily Jane hasta el lugar más lejano al que se atrevían a ir, nunca parecía suficiente. Los días dieron paso a las semanas, las semanas, a los meses, y los meses, a los años.

Algunas veces llegaban a la constelación restos de naves abandonadas. Emily Jane se

convirtió en una experta en rebuscar entre
ellos. Descubrió que el contenido de esas naves
fantasma podía proporcionarle todo lo que
necesitaba. Encontró docenas de telescopios que
colocó por toda la lunita, y que serían los ojos de
Typhan. La comida, las provisiones, la ropa, los
muebles, los libros –todo lo que podía hacerle
falta– aparecía entre los restos abandonados que
flotaban lo bastante cerca de la luna para que
ella o los peces estrella los recuperaran. El casco
de un galeón accidentado le servía de hogar. De
este modo, acabó viviendo en una especie de
magnificencia destartalada. Incluso había tesoros.
Recuperó cofres repletos que almacenó en el
pequeño y hueco corazón de la luna. Pero, cuantos
más tesoros amasaba, menos significaban para
ella. Incluso empezó a odiarlos. Le recordaban el
pasado. Su hogar. La Edad de Oro.

Durante las semanas y los meses iniciales con Typhan había observado los cielos en todas las direcciones, una hora tras otra, siempre esperanzada, en busca del buque insignia de su padre. Pero los años pasaban sin un solo avistamiento. *Se ha olvidado de mí,* pensó un fatídico día. Fue la mañana de su decimosexto cumpleaños.

Había intentado olvidar la fecha. Año tras año, su único deseo había sido que llegara su padre. Pero habían pasado diez cumpleaños y cada uno la endurecía y amargaba más.

¡Aquel día una embarcación apareció, por fin, a lo lejos! Su esperanza regresó. Supo al instante que no se trataba de una nave de los piratas de los sueños. Sus naves siempre estaban retorcidas, afiladas y eran desagradables a la vista. Estaba segura de que era una de la Edad de Oro. De línea y vela elegantes. Era preciosa... demasiado preciosa. No era una nave de guerra. Tampoco ondeaba en ella la bandera de su padre. No era más que un crucero pacífico.

¿Es que padre no va a venir nunca?, se preguntó con amargura. Y sintió una rabia que nubló su buen juicio. Ahora odiaba a su padre. Odiaba el mundo al que tanto había deseado regresar. Prefería seguir perdida. Y en ese momento horrible, algo cambió en ella. La rabia consumió su corazón.

Typhan sintió que algo iba rematadamente mal.

–¿Hija? –susurró–. ¿Qué ves? ¿Amigo o enemigo?

Se sorprendió de su propia respuesta:

–¡Solo veo enemigos!

Y, sin avisar, formó una tormenta asesina.

Typhan conocía el sonido del dolor y la rabia.

Temía que Emily Jane hubiera perdido la razón.

—¡Hija! –gritó–. ¿Qué nave se acerca?

—¡No es la que yo esperaba! –vociferó ella como respuesta.

Su violento viento se lanzó contra la indefensa nave.

—¡Detén esta tormenta! –le ordenó Typhan–. ¡No hacemos daño sin razón!

—¡Desde ahora, mi causa será el daño! –aulló ella.

Typhan supo que la joven había enloquecido. Haciendo acopio de todas sus fuerzas, envió vientos para contrarrestar los de ella.

Pero la rabia de Emily Jane igualaba la bondad de Typhan y se enfrentó a él, lanzando al antiguo coloso una galaxia de torrentes llenos de odio.

—¡Hija! ¡Detente! –imploró él, reuniendo cada gramo de fuerza que poseía.

—¡Tú no eres mi padre! –chilló Emily Jane.

¡Meteoros! ¡Cometas! Trozos de planetas rotos golpearon las estrellas de Typhan y destrozaron el cercano galeón de la Edad de Oro.

El corazón de la vieja constelación se había partido por las palabras de la joven. Typhan estaba sorprendido y apenado. Aquellas acciones eran una traición que no podía perdonar.

–¡Te maldigo para siempre desde hoy! –bramó, aturdido y apenado–. ¡Has roto tu promesa!

Castigarla con tanta dureza y echarla de su vida le abrasaba el alma. Pero había roto un juramento. Así que, con un poderoso estallido de sus pulmones, lanzó lejos de él la luna de Emily Jane. Voló a tanta velocidad que empezó a iluminarse más y más, hasta que comenzó a arder con una luz blanca y caliente. La luna acabó convirtiéndose en una estrella fugaz que volaba por el espacio como una lanza.

Emily Jane huyó al habitáculo en el centro de la luna justo cuando el viejo galeón en el que había dormido quedó hecho cenizas. Sus telescopios se desintegraron. En nanosegundos, todo lo que había en la superficie de la luna desapareció. Como había huido al centro de la luna, se quedó sepultada por los cofres de tesoros derretidos, esos que tan poco le importaban. Emily Jane estaba realmente perdida. Tendría que vivir en el centro de aquella nueva estrella sin poder salir hasta que colisionara.

Ojalá hubiera sabido que su padre la daba por muerta.

Ojalá ella y su padre hubieran sabido la verdad.

Esos dos corazones que antaño habían estado unidos en el centro de la Edad de Oro no se habrían vuelto crueles, duros y amargos. Esos corazones heridos no habrían traído el fin de la Edad de las Maravillas.

CAPÍTULO DOCE

Cruce de Estrellas

*E*l sueño prosiguió para todos en Santoff Claussen, pero los Guardianes estaban prestando una atención muy especial. Sabían, incluso en aquel estado de sueño, que estaban aprendiendo mucho sobre Sombra y que podría ser útil a la hora de luchar contra él. Pero también empezaron a experimentar la pena que Katherine sentía por él. Sombra no siempre había sido malvado. Mucho tiempo atrás, su corazón había sido tan bueno como el suyo. No obstante, a Luz Nocturna ese sentimiento le resultaba confuso. Solo pensaba en términos sencillos. No quería sentir pena. Quería salvar a Katherine y no entendía que la pena pudiera ayudarlo.

A continuación, apareció Sanderson Mansnoozie y se introdujo en la historia que estaba contando. El sueño había sido tan intenso y conmovedor que, incluso durante su transcurso, los aldeanos y los Guardianes se alegraron de verlo por fin. Sandy tenía unas formas que eran tranquilizadoras y alegres a la vez. Sonrió, calmando de este modo a todos y cada uno de los durmientes. Después continuó su relato...

En la Liga de Capitanes Estelares pronto supimos de esa «nueva» estrella. Yo he nacido en el seno de una familia de capitanes estelares. Durante generaciones hemos pilotado estrellas a todos los rincones del universo, con el deber primario de conceder los deseos que se les piden. Pero las que tripulábamos

necesitaban más y más velocidad, ya que los piratas
de los sueños estaban especialmente resueltos
a capturar estrellas de los deseos. Como podéis
ver, en todas las galaxias hay pocas cosas con más
sueños que las estrellas de los sueños. Esas estrellas
son materia de sueño concentrada, y sus pilotos son
la llave para liberar esos sueños. Si alguien pedía un
deseo que considerábamos digno, el capitán estelar
enviaba a cambio uno de aquellos sueños para ayudar
a la persona a cumplir sus deseos.

Pero en cada estrella se almacenaban decenas
de miles de sueños sin soñar que nuestros hermanos
habían estado fabricando desde el principio de los
tiempos.

Por eso, cuando oí hablar de esa nueva estrella
desbocada, fui en su busca. No conocía su origen.
No sabía que Emily Jane estaba en su corazón
maldito. Pero vi que esa estrella podría dejar atrás

cualquier nave de los piratas de los sueños.

Si pretendía ensillarla, tendría que ser astuto.

Muchos de los capitanes estelares habían perseguido esa estrella, pero los había dejado atrás a todos. Las estrellas fugaces solían ser muy solitarias. Llevaban una vida veloz y salvaje. No obstante, había observado que esa estrella en particular algunas veces frenaba ante bancos de peces estrella. Estos parecían sentir cierta simpatía por la estrella, lo cual resultaba de lo más intrigante.

Mis hermanos capitanes estelares habían intentado acercarse a la estrella cuando no estaba lejos de un banco de peces estrella, pero habían fracasado. La estrella no era tonta. Presentía la trampa y salía disparada, dejando a cualquiera que la persiguiera ahogándose con polvo de estrella.

No me gusta presumir, pero siempre he gustado a las criaturas del cosmos. Los caballos de cielo y los peces estrella son mis amigos. Tengo debilidad por ellos y me gusta darles una especia estelar que les parece deliciosa, igual que vosotros, los humanos, dais azúcar a vuestros caballos. Así que un día pasé junto a un banco de peces estrella. Se alegraron de verme y me dejaron nadar con ellos. Llevaba una buena reserva de aquella especia y pronto me rodearon por completo, flotando a mi lado para probar un poco, por lo que me ocultaron de pies a cabeza.

Con el tiempo, la estrella salvaje se acercó.

Esperé hasta que se puso a planear a mi lado, a la misma velocidad que nosotros. Después cargué a través de los peces y sujeté la estrella con un lazo. La sorpresa duró solo un segundo. La estrella se alejó con una rapidez que jamás había visto, pero logré aguantar.

Esto es frecuente cuando se intenta atrapar estrellas salvajes. Existe un método antiguo para domesticarlas que seguí a pies juntillas.

Fui esquiando con ella durante diez mil leguas, acercándome cada vez más a su cima ardiente. ¡Pero se precipitaba y escurría con tanta furia! ¡Incluso intentó rozar uno o dos planetas para librarse de mí! Parecía... enfurecida, algo que no había visto nunca en una estrella. Tendría que reaccionar a mis gestos más amables, aunque solo fuera para calmarse... De lo contrario, se consumiría.

Fue la lucha más complicada que he librado con una estrella. El tiempo es difícil de medir en las profundidades del espacio, pero domar a aquella salvaje me llevó el equivalente a catorce días terrestres. Y, al final, solo la domé en un único aspecto: me dejaría conducirla.

No se sabe mucho de las estrellas fugaces. Los mortales, por supuesto, no pueden hacer nada aparte de verlas y pedirles deseos. Pero algo ocurre al dominar una estrella. Uno acaba por entenderla. Cada estrella tiene una personalidad individual que se puede intuir y sentir. Todas son vivaces, pero esta estrella tenía una energía que excedía todo cuanto había conocido. Tenía voz. Hablaba conmigo. Al principio no me decía su nombre ni hablaba de su pasado, pero con el tiempo empezó a confiar en mí. Intuía que yo no le deseaba ningún mal y que quería ser su amigo y aliado. Y un amigo es como un salvador para alguien tan enfurecido y perdido. Pero la estrella seguía sin decirme su nombre.

Navegamos de un extremo del cosmos al otro. Yo contestaba a los sueños que se susurraban hasta nosotros. Cuando los piratas de los sueños nos atacaban, mi estrella no vacilaba, como hacían casi todas las estrellas, sino que los embestía sin temor alguno.

Juntos vencimos en todas las batallas.

Después viajamos por el espacio durante un
año. No nos cruzamos con ningún pirata. Teníamos
curiosidad por nuestra buena fortuna. Entonces nos
llegaron noticias de que la guerra contra los piratas
había terminado. Se decía que el señor Sombra había
salido victorioso y que los piratas de los sueños habían
sido apresados. ¡La Edad de Oro estaba
a salvo de nuevo! Pensé que aquello sería un motivo
de celebración para la estrella y para mí. Pero al oír la
noticia, la estrella reaccionó contra mi voluntad. Voló
a una velocidad vertiginosa, intentando estrellarse contra
cualquier cuerpo celeste que estuviera en su camino:
planetas, estrellas, campos de asteroides... A duras
penas logré evitar que nos destruyera a los dos.

Poco después, cuando empezó a virar
directamente hacia un pequeño planeta verde,
mil deseos surgieron de los niños de aquel astro
condenado. No eran los típicos deseos que se piden

cuando pasa una estrella fugaz. Eran otros llenos de terror. «Por favor, estrella brillante, no nos mates.»

Rogué a mi estrella que parara. *¡Piensa! ¡Piensa en los niños que temen tu llegada! ¡No eres mejor que un pirata de los sueños!*

Y, en ese momento, mi estrella frenó.

Si las estrellas fugaces se detienen, no tardan en convertirse en un sol. Bastan unos minutos para que el proceso sea irreversible. En todos mis eones como maestro estelar, nunca había montado una estrella que se hubiera... quedado parada. Permanecí frente a los controles preguntándome qué haría después mi estrella salvaje. Después, oí llanto en el centro de la estrella y unas palabras:

—Me llamo... Emily Jane. Por favor, no quiero que me tengan miedo.

CAPÍTULO TRECE

¿A Quién Pide Deseos
una Estrella?

Escuché la larga y triste historia de Emily Jane. Entonces entendí sus misterios. La arrastraba una rabia infantil que nunca había recibido consuelo ni alivio, y ahora esa ira tenía el poder de destruir mundos. En cuestión de minutos podía convertirse en una estrella estacionaria. Si seguía negándose a avanzar, nunca volvería a volar. Su rabia no volvería a atemorizar a ningún ser vivo. Sería la solución más segura, sin duda, pero ¿qué le haría a Emily Jane? No parecía justo que se quedara encerrada para siempre en su estrella sin nada aparte de la ira. Terribles acontecimientos

habían retorcido sus instintos. Pero si lograba
domar su furia...

Así que le di a elegir.

*¡Emily Jane! Puedes quedarte aquí con tu rabia
hasta que te consumas a ti misma. O... volver
a volar. Deja que te guíe, y juntos podremos obrar
maravillas.*

*Lo único que obtuve de ella fue el silencio.
Entonces añadí esperanzado: Quizá podamos
encontrar a tu padre, y con él... la paz.*

El tiempo pasaba y Emily Jane seguía sin decir
nada. Quedaban apenas segundos para que se quedara
fija para siempre en aquel lugar. En ese momento,
brilló con intensidad y avanzó solo un poco.

–Volaré –susurró recuperando la calma. Y sin
darme tiempo para decirle lo complacido que estaba,
se lanzó hacia delante a una velocidad que me dejó
sin aliento.

Desde el principio, fue difícil dirigirla, siempre tiraba contra mí, por lo que en ese momento me temí lo peor. No obstante, tras aquel acelerón inicial, siguió mis órdenes sin protestar. Preguntamos por el paradero de su padre en cada nave y planeta al que nos acercábamos, pero en aquellas regiones remotas de las galaxias se sabía muy poco. Así que avanzamos hacia el gran centro de la Edad de Oro, a la constelación de Zeus. Fue un viaje tranquilo. Y cuando nos llegaban deseos, Emily Jane los escuchaba.

Oyó sueños de todo tipo. Deseos pidiendo ponis y mascotas. Deseos de riqueza. Deseos de venganza contra enemigos. Deseos de amor. Emily Jane acabó entendiendo todas las cosas que anhela la gente. Con el tiempo aprendió a distinguir entre los deseos que merecen ser concedidos y los que no lo merecen.

dijo una apacible noche cuando surcábamos el cielo–. Quieren lo que no necesitan, o no pueden usar, o lo que no les dará plenitud.

Cierto. Me sentía orgulloso de que estuviera aprendiendo.

–En realidad, creo que todos los deseos son el mismo –prosiguió–. Pidan lo que pidan, lo que en el fondo quieren es ser felices.

¿Y tú qué deseas?, reflexioné. *¿Qué te haría feliz?*

No contestó inmediatamente.

El silencio de la noche tranquila en los profundos océanos del espacio puede parecer casi sagrado. La vasta oscuridad está salpicada de estrellas que siguen y siguen... más allá de donde las luces o los pensamientos parecen poder llegar. Pero llegan. En aquella soledad silenciosa que nos envolvía, Emily Jane respondió a mi pregunta.

—Me gustaría limpiarme de mi vieja vida.
Soltar la marea de dolor y encontrar el camino
a una nueva orilla.

Aquel era un sueño bueno y digno. Era un
sueño que quería conceder.

Pero el destino tenía otros planes.

CAPÍTULO CATORCE

La Esperanza, la Peor de las Armas

Estábamos a leguas de distancia de cualquier planeta y ningún otro deseo podía alcanzarnos. Y empecé a pensar en el de Emily Jane. Responder a su deseo requeriría de mi pensamiento y sabiduría al completo para fabricar un Sueño Respuesta. Tenía que introducirme en un trance más somnoliento.

Durante ese trance, un capitán estelar deja que la estrella avance por sí misma y evite cualquier peligro. Nuestros viajes llevaban siendo pacíficos tanto tiempo que no estaba preocupado, y Emily Jane siempre había estado a la altura de las circunstancias ante un ataque.

Pero existía un peligro que ninguno de los dos habíamos previsto.

Durante el tiempo en el que Emily Jane había estado atrapada en su estrella, tuvo el mismo sueño una y otra vez: que su padre acudiría a rescatarla.

Según el señor Sombra, aprisionar a los piratas era un destino peor que la muerte, por lo que se les confinó en una prisión del tamaño de un planeta al otro lado del cosmos. Pero aún podían detectar sueños, por lejanos o tenues que fueran.

Y habían oído el sueño de Emily Jane.

Al principio les había desconcertado. ¿Sería posible? *La hija de Sombra murió en un ataque hace años,* pensaban. Pero cada noche oían el sueño una y otra vez, y después de un tiempo comprendieron que el sueño procedía en realidad de la hija del señor Sombra. Entonces idearon un plan terrible.

Los piratas de los sueños sabían lo mucho que al señor Sombra le había dolido la pérdida de su familia. Y él era su único carcelero. Vigilaba la única puerta que los encerraba; era un lugar triste y oscuro. Ningún ser del exterior podía oír o sentir a un pirata que se enroscara en el interior de aquel sitio construido con láminas gigantes de materia oscura. Solo el señor Sombra podía oírlos ligeramente. Se había prestado voluntario para ser su guardia único. Desde que había perdido a su familia, sentía que no le quedaba nada.

Los piratas de los sueños, con la ayuda de otras criaturas oscuras encerradas con ellos, escucharon cada noche los tenues sueños de Emily Jane hasta que aprendieron el sonido de su voz y lograron imitarlo. Entonces, una horrible noche, se agolparon junto a la única puerta y, usando la voz de su hija, susurraron al señor Sombra con la esperanza de que los liberara.

—Por favor, papá... Por favor, por favor, por favor, abre la puerta.

¿Emily Jane?, se dijo con el pensamiento. Sacó el guardapelo de plata del bolsillo de su túnica y observó la fotografía de su interior. No dejaba de preguntarse si su hija podría estar dentro de la prisión.

—Papá, estoy encerrada con estas sombras y tengo miedo. Por favor, abre la puerta. Ayúdame, papá, por favor.

¿Qué padre podría ignorar semejante súplica? El señor Sombra abrió la puerta. De pronto, su corazón dolorido se llenó de la esperanza de que Emily Jane pudiera estar viva y lo bastante cerca para salvarla.

Abrió la puerta y selló su destino.

Los piratas de los sueños salieron y lo envolvieron. La traición fría y calculada era superior a lo que podía resistir cualquier ser. El guardapelo cayó del cuello del señor Sombra. Con su esperanza hecha añicos, su corazón se marchitó y murió por dentro. Al principio resistió con valentía, pero ya no quedaba lucha en su interior. Entumecido y totalmente vacío, dejó que las criaturas oscuras se llevaran su alma. Y así lo hicieron: lo poseyeron por completo. Se convirtió en su líder, su rey, su señor de la guerra.

Con el señor Sombra como general, la Edad de Oro había perdido su mayor fortaleza, su principal aliado. Y así comenzó la terrible segunda Guerra de los Piratas de los Sueños, en la que Sombra demostró ser imparable.

Pero ahora podía oír el sueño de Emily Jane. Su maligna sed de sueños era diez veces mayor que la de sus piratas. Y aquel sueño lo perseguía y alimentaba su nuevo apetito.

Todo aquello ocurrió sin que nosotros lo supiéramos. La nueva esperanza de Emily Jane era como un faro que atraía el mal y la truculencia.

CAPÍTULO QUINCE

◆

El Encuentro Más Amargo

El primer arponazo llegó como una sorpresa, pero para el segundo y el tercero yo ya estaba bien despierto, y Emily Jane cargaba contra el galeón de los piratas de los sueños que nos había disparado. Era una nave gigante: deslustrada y harapienta, una visión horrenda.

Sus cubiertas estaban abarrotadas de piratas de las pesadillas que arponeaban y arponeaban con una velocidad devastadora. Pero Emily Jane demostró una agilidad sorprendente esquivando aquellas puntas de daga oxidadas y usando las abrasadoras llamas de su cola para liberarnos de los primeros arponazos.

Se dirigió directamente hacia la proa de la nave con su fuego estelar centelleando con determinación. Me preparé para el impacto, pero el galeón pirata viró a babor en el último instante. Pasamos tan cerca de la nave que podíamos ver las caras sombrías de la espeluznante tripulación, que lanzaba miradas malvadas y burlas a nuestro paso. En el timón del galeón estaba el capitán: alto, demacrado e inconfundible. No era otro que el señor Sombra.

O, al menos, en lo que se había convertido.

Tenía la piel de un tono blanco espectral y los ojos oscuros y desalmados. Era un ser temible.

Para Emily Jane, fue una conmoción más allá de cualquier cálculo. Su padre había llegado al fin, pero convertido en una pesadilla viviente.

Entonces Sombra me gritó:

—¡Ah de la estrella, señor de los sueños!

Procuré frenar a Emily Jane para oír mejor las palabras de Sombra y, aunque intentó resistirse, obedeció a mi maniobra.

–¿Por qué me atormentas enviándome este sueño de mi hija muerta? –prosiguió Sombra a voces.

Antes de que pudiera enviarle una respuesta, Emily Jane imploró con un temblor de terror en la voz:

–Por favor, ten cuidado con lo que dices, capitán Sandy. Ha cambiado mucho. No sabemos qué podemos esperar de él.

Le mandé este pensamiento, midiendo mucho mis palabras: *¡El sueño que te envía esta nave no es un tormento! ¡¡Es un sueño de esperanza!!*

–¡Yo no tengo esperanzas! –aulló. Su voz estaba llena de rabia–. ¡Este sueño que me mandas es lo que acabó con mi alma y me convirtió en lo que soy ahora! ¡MUERTE, digo, a quien me haya hecho esto!

Emily Jane nunca había huido de una pelea.
Pero comprendía la locura de su ira. La rabia
hacia aquel hombre la había llevado al límite de la
desesperanza. Pero había conseguido dar marcha
atrás. ¿Podría él hacer lo mismo? No se habían
visto desde que era una niña. Si lograba salir de la
estrella, ¿la reconocería? ¿Moriría su odio como
murió el de ella? En un momento, su instinto le
mostró la horrible verdad.

—Tenemos que huir, capitán Sandy —dijo
ella—. Puedo sentirlo. Si me encuentra, los dos
moriremos.

Entonces, corre, asentí. *Más rápido que nunca.*

Y salimos volando. Pero los arponeros de Sombra
eran demasiado hábiles y rápidos. Antes de que
pudiésemos ponernos fuera de su alcance, una docena
de arpones nos golpearon y sus cadenas nos ligaron al
galeón de Sombra. Emily Jane intentó abrasarlas con

frenesí, pero, cuando una se desintegraba, se sumaban
otras tres. Nuestra velocidad ya no importaba, puesto
que arrastrábamos con nosotros al galeón. Los piratas,
con un cabestrante, acercaban su malvada nave
a nosotros centímetro a centímetro.

   Yo había combatido a los piratas de los
sueños en muchas ocasiones
y jamás

fui derrotado, pero nunca antes los había dirigido Sombra. Jamás me había encontrado con tanta furia. Sin embargo, Emily Jane viraba y quebraba con tanta energía que ni siquiera el galeón de Sombra podía soportarlo. Con la última gran sacudida, se liberó de las cadenas y escapamos dando tumbos.

Giramos y trazamos espirales a una velocidad insoportable. Recuerdo que vi un pequeño planeta azul y verde frente a nosotros. Me costaba mucho permanecer consciente. Sabía que nos estrellaríamos. Podía oír los deseos de los niños del planeta, así que

Fig. 1. Cae la estrella.

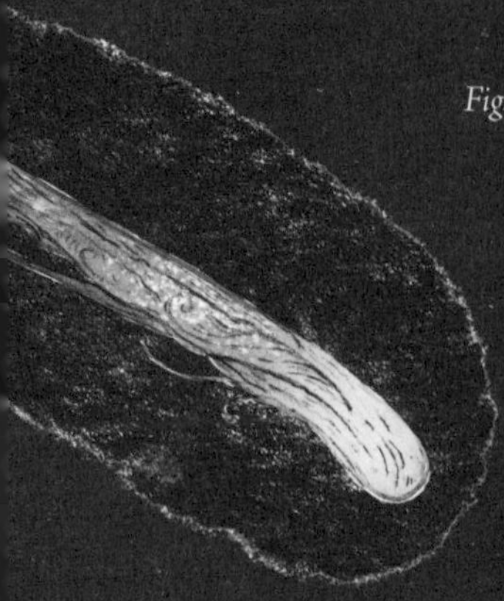

tomé los controles. Debíamos caer
sobre el agua para no hacer daño
a ningún niño. Ya no podía
sentir a Emily Jane. Mientras
descendíamos en picado hacia un
océano inmenso, logré oír
una cosa: un solo deseo por
encima de los demás. Era
brillante y claro.

   —Ojalá te vaya bien
—decía simplemente, y, mientras
me quedaba inconsciente, seguro

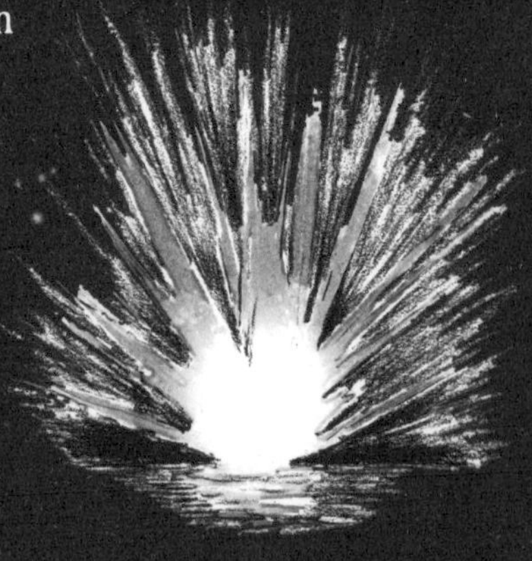

Fig. 2. La estrella choca contra el mar.

de que mi estrella y yo estábamos condenados,
pensé en ese sueño y en nada más.

   Saltamos sobre la superficie del océano como
una piedra gigante, después se levantó
un montón de agua y todo
se oscureció para mí.

Fig. 3. Se desvanece el humo.

No desperté hasta pasados muchos, muchos
años. Al hacerlo, vi que mi estrella estaba hecha añicos,
pulverizada: no era más que una isla arenosa. Me
despertó la misma voz que me había reconfortado hacía
tantos años, la voz que me había deseado que me fuera
bien. Resultó que había sido el Hombre de la Luna.

Y así es como vengo hasta vosotros, siguiendo
las instrucciones de la Luna. Os ayudaré a salvar
a vuestra amiga Katherine y a luchar contra Sombra.
Pero, para hacerlo, tengo que ver por fin a la niña
que vivía en mi estrella, Emily Jane, la hija del
señor Sombra, a quien vosotros llamáis Madre
Naturaleza.

Fig. 4. Ahora la estrella es la Isla
de las Arenas Dormideras.

CAPÍTULO DIECISÉIS

¡Qué Mañana Tan Misteriosa!

CUANDO SANDY LLEGÓ al final de la historia, todos despertaron de su sueño. Pestañeaban al levantarse, sorprendidos de ver que ya había llegado la mañana. Los que se habían quedado dormidos flotando alrededor de la Gran Raíz despertaron en sus camas de siempre y tapados con sus mantas. Norte estaba en su habitual camisón de cosaco y con su gorro de dormir. Sus fiables elfos estaban en el suelo, en una fila al pie de su cama. Se despertaron con un ronquido, como una camada de cerditos. Bunny estaba acomodado en el catre oval con el que siempre viajaba, con la cabeza apoyada en media docena de almohadas con forma de huevo. Llevaba un pijama de raso con calentadores para las orejas a juego, de cuyas puntas colgaban pompones ovales. Bunny alzó el antifaz ovalado que cubría sus ojos y dio a sus orejas un meneo de buenos días.

Ombric estaba, por supuesto, subido en su inmenso globo y rodeado por los búhos. Se despertaron al unísono, como siempre, aunque Ombric no ululó como de costumbre. Toothiana abrió los ojos sobre una maravillosa estructura de ramitas que colgaba como una campana de una de las ramas en lo alto de la Gran Raíz. Era la percha que solía utilizar en Punjam Hy Loo. *¿Cómo habrá llegado a Santoff Claussen?*, se preguntó.

Los niños estaban en el mismo lugar que al principio de la tarde, subidos en la Gran Raíz, acurrucados junto a Kailash en su inmenso nido. Miraron a su alrededor totalmente perplejos. El sueño había sido tan real... Sin embargo, ahora estaban allí, descansados y listos, pero ¿para qué? El anfitrión de su sueño no estaba por ninguna parte. Luz Nocturna se alzó y miró hacia donde había flotado Sandy. No había nada. Ni siquiera un grano de arena.

El señor Qwerty ojeó sus páginas. Estaban llenas... Se había escrito el sueño entero y al final había un dibujito de Sandy.

Luz Nocturna observó la página ilustrada. No sabía qué pensar sobre lo que había visto. Alargó la mano y tocó el brillante diseño. Estaba hecho con una especie de arena pegajosa. ¡Lo había dejado Sandy!

En sus dedos se habían quedado adheridos unos granos de oro. Los miró de cerca. Sentía la magia en su interior. Entonces volvió un fragmento de memoria, una canción de hacía mucho tiempo: *Luz noctur-na, luz brillante, dulces sueños te daré...*

—¿Ha dejado algún mensaje, Luz Nocturna? —preguntó Petter.

El niño espectral cerró los ojos y puso ante su frente las yemas cubiertas de arena. La arena le decía muchas, muchas cosas.

Luz Nocturna casi nunca, o nunca, hablaba. Solo las circunstancias más funestas podían obligarlo a usar su cautivadora y etérea voz. Por eso resultó tan alarmante que contestara:

—Solo que ha ido a ayudar a Katherine. Y que ninguno de nosotros debería seguirlo.

CAPÍTULO DIECISIETE

El Amanecer de Luz Nocturna

Los cinco Guardianes pasaron el resto del día en un frenesí total. O, para ser más exactos, Ombric, Norte, Bunny y Toothiana debatieron toda la mañana mientras Luz Nocturna permanecía tranquilo y en silencio. Observaba cómo sus amigos estudiaban un grano tras otro de la arena de Mansnoozie a través de un sinfín de lupas, microscopios, catalejos, detectores de rayos cósmicos e incluso un huevo cristalino que, según aseguraba Bunny, podría señalar el origen preciso y la edad exacta de la arena. Pero no logró nada de eso.

Tras horas de experimentación y examen, a la única conclusión a la que llegaron fue que la arena era… bueno… arena. Obviamente, tenía propiedades mágicas, pero ¿qué propiedades eran esas y cómo se activaban?

Ninguno lo sabía. Y así siguieron discutiendo sobre todas las posibilidades. Sobre si debían intentar ir tras Sandy. Sobre el modo en que lo seguirían si al final acordaban hacerlo. ¿Deberían dividirse para intentar encontrar a Katherine? ¿Deberían acudir a los lamas lunares? ¿Deberían intentar ponerse en contacto con el Hombre de la Luna?

Y, lo más irritante, ¿por qué Sandy no les había pedido que se unieran a él? Estudiaron gráficas, consultaron a las nubes, miraron hacia el pasado, intentaron prever el futuro, refunfuñaron y se quejaron preocupados.

Y aunque Luz Nocturna permaneciera en silencio, lo hacía a propósito. Aún no había contado a sus amigos que podía «leer» la arena. Lo cual era normal. Solo hablaba si lo consideraba necesario. Siempre había mostrado curiosidad por los hábitos de los «altos», como solía llamar a los adultos. No los consideraba listos o inteligentes. Pensaba en ellos en términos de otras cualidades, las cosas que hacían que los altos fueran «buenos»: amabilidad, valor, confianza, diversión. Pero ¿y si fueran crueles, mintieran o fueran perversos? En ese caso, Luz Nocturna los consideraba «malos».

Norte, Ombric, Bunny y Toothiana eran los altos favoritos de Luz Nocturna. Comprendía que eran los «más buenos». Y entendía que tenían que «saber», que era su forma de llamarlos sabios. Entonces pensó en la historia soñada de Sandy y en la nueva persona alta: Madre Naturaleza. ¿Ella era buena o mala?

Ahora que conocía su historia, no estaba seguro. De pequeña había sido amable, alocada y valiente, como Katherine. Y como él mismo. Pero había sufrido tanto... Había perdido tanto...

La había cambiado. Y había cambiado a Sombra.

Luz Nocturna miró a sus amigos. También parecían distintos. Era como si hubieran perdido su saber, su valentía y su altura. Lo único que hacían ahora era «hablar con fuerza», que era como él denominaba las discusiones, y «hacer la nada». Eso asustaba a Luz Nocturna.

Se llevó las yemas de los dedos cubiertas de arena hasta la frente.

La arena...

El simple tacto sobre su frente le generaba calma y claridad. De pronto, sintió que comprendía el comportamiento de sus amigos. La arena le había dado un poco del «saber». Sus amigos... también estaban sufriendo.

La desaparición de Katherine les dolía tanto que estaban asustados. Igual que él. Y odiaba sentirse asustado. Odiaba todo ese sufrimiento. Lo odiaba tanto que no podía soportarlo más tiempo. Pensó en las palabras de Katherine, en las historias derramadas cuando el señor Qwerty había llorado. Casi podía oírlas en el bolsillo. Era como si Katherine estuviera llamándole. Tenía que hacer algo.

Se incorporó de un salto y, con todas sus fuerzas, golpeó el suelo con el bastón, una y otra vez, hasta que la habitación empezó a temblar. Los demás Guardianes se detuvieron a mitad de su discusión y lo miraron con desconcierto y asombro.

Ahora que había captado su atención, se lanzó de un lado a otro de la habitación en el modo más-rápido-que-la-luz para llevarlos al centro de la estancia.

—Oye, mequetrefe —dijo indignado Norte—, ¿quién te crees que eres? No puedes arrastrarnos…

Luz Nocturna dio una firme patada al trasero del cosaco para moverlo.

—¡Se ha vuelto loco! —exclamó Bunny justo antes de que Luz Nocturna lo agarrara por las orejas y lo colocara en su sitio de un tirón.

—Quizá esté jugando a algún tipo de juego —caviló Ombric mientras Luz Nocturna lo agarraba de la barba y tiraba del viejo mago.

Toothiana comprendió lo que el niño estaba haciendo. Avanzó hasta el centro de la habitación sin esperar a que la persuadiera.

Ahí estaban, por insistencia de Luz Nocturna, en una especie de círculo, mirándose unos a otros, perplejos y curiosos por saber qué pretendía el niño.

Luz Nocturna se sentó con las piernas cruzadas en el suelo en medio de los demás. Alzó al señor Qwerty y empezó a pasar las páginas del libro mágico lentamente. Después, cuando encontró el lugar adecuado, acercó el libro a los rostros de cada uno de ellos.

Aquellos cuatro, aquellos cuatro magníficos, los más valerosos y más sabios de todos los altos que han vivido nunca, aquellos Guardianes de los mundos de los niños, esperaban como pasmarotes mientras un niño (sin duda, un niño mágico, pero, no obstante, solo un niño) les enseñaba lo que la arena de Sandy era capaz de hacer y cómo liberar su magia.

Luz Nocturna se acercó las yemas de los dedos a la boca y sopló. La arena voló hacia los Guardianes, y, cuando alcanzó los ojos y las caras, por segunda vez en veinticuatro horas, los cuatro se quedaron dormidos al instante. Empezaron a balancearse al unísono, se mecieron un poco más y al final se desplomaron hacia atrás. Se pusieron a roncar antes de tocar el suelo.

Luz Nocturna volvió a señalar al señor Qwerty y dijo a sus durmientes amigos:

—¡La historia de Katherine! ¡Su vida! ¡Su dolor! ¡Ella! Eso es lo que salvamos. Recordad vuestro saber. ¡Sed más fuertes que el miedo y el dolor, y *soñad* una forma de salvar a nuestra Katherine! —Después se dirigió al señor Qwerty:— Escribe lo que acaba de ocurrir en tus páginas, señor Q. Que hoy Luz Nocturna, el niño Guardián, ha alcanzado el saber de los altos.

Eso era lo máximo que el señor Qwerty, o cualquiera, había oído hablar a Luz Nocturna.

Y aunque Ombric, Norte, Bunny y Toothiana estuvieran en la tierra de los sueños, todavía podían oírlo. Y en sus adormiladas mentes, cada uno de ellos estaba de acuerdo en que las palabras de Luz Nocturna eran precisamente lo que necesitaban oír.

CAPÍTULO DIECIOCHO

Teme a la Oscuridad

KATHERINE ESTABA INMERSA en una negrura total. No podía ver nada. No sabía si tenía los ojos abiertos o cerrados. Intentó parpadear, pero no estaba segura de haberlo logrado… Con aquella oscuridad, era imposible saberlo. Acto seguido, intentó pasar las manos de un lado a otro frente a sus ojos, pero se dio cuenta de que no podía moverse. Su cerebro les ordenaba que se movieran, pero no lo hacían. Entonces comprendió que nada se movería: ni las piernas, ni los dedos de los pies, ni su sonrisa. Intentó gritar, pero no ocurrió nada.

Aunque pareciera extraño, no tenía miedo… aún.

Empezó a oír voces…, murmullos bajos… algo más fuertes que los susurros… No distinguía ninguna de las palabras… No era más que un balbuceo desconcertante… de sonidos mundanos. Las voces eran profundas y amenazadoras… burlonas… como si disfrutaran de que estuviera atrapada…

Entonces lo entendió. *Estaba* atrapada. ¿Pero dónde? ¿Por qué?

Las voces se acercaron. Aún no podía entender lo que decían. Pero a continuación distinguió un sonido diferente. Llanto. Era una niña llorando. Las otras voces sonaban menos y el llanto se hizo más claro.

En ese momento Katherine se asustó.

Aquellos eran sus propios sollozos. Pero la sensación resultaba muy extraña. El llanto estaba separado de ella de algún modo, como detrás de un muro. Después oyó que una puerta se abría. La luz, de un resplandor blanquecino, cayó frente a ella. Provenía de la puerta abierta, y Katherine vislumbró una habitación en su interior. Había tanta luz... Era casi cegadora. Acto seguido, percibió una forma sentada en el suelo. Era una niña.

¡Era ella misma!

Pero parecía mayor. *¿Cómo puede ser?* El llanto de la Katherine mayor prosiguió. Sonaba como el de una mujer joven.

Su ropa estaba descolorida, casi hecha jirones. *¿Por qué?*

Y en sus brazos estaba... *¡El señor Qwerty! ¡¡Bien!!*

Se vio a sí misma pasando las páginas, una tras otra, desde el principio. Esa Katherine estaba leyendo el libro con mucha atención, pero en cuanto acababa una página, surgía una mano oscura que arrancaba las páginas del libro. Veía cómo le arrebataban su historia entera. Había un grupo de dibujos que distinguió bien. Los diseños que había hecho para la futura ciudad de Norte. Vio que la versión adulta de sí misma cerraba el libro y los ojos. Iba a dormir. Parecía horriblemente triste. Las lágrimas escapaban de sus ojos cerrados.

Entonces los rumores de las voces se hicieron más fuertes... Se acercaron cada vez más a Katherine, parecían estar a unos centímetros de ella..., justo al lado de sus orejas... Seguían farfullando... Después empezaron a reír... Podía sentir el aliento en sus orejas y mejillas..., pero no podía ver... ¿Quién era? ¿Qué idioma espantoso era ese? La puerta por la que entraba la luz empezó a cerrarse despacio. El resplandor brillante de la otra habitación, la única luz, comenzó a desaparecer. Luego comprendió que la puerta no se estaba cerrando, sino que Sombra estaba tapando la luz. En la mano sana sostenía las páginas de su libro. Las miró jubiloso y empezó a reír.

Esto es como una pesadilla, pensó Katherine. Y su temor se hizo más profundo. *Esto es una pesadilla,* comprendió. Su miedo creció porque cayó en la cuenta... Podía *sentirlo*: estaba atrapada en una pesadilla de la que no podía despertar.

CAPÍTULO DIECINUEVE

Un Sueño Dentro de un Sueño...

NICOLÁS SAN NORTE no se había dado cuenta de que estaba durmiendo en el suelo de la biblioteca de Ombric, en la Gran Raíz. La arena de sueños le había llegado en mitad de un pensamiento, y era una reflexión bastante rara. Estaba pensando en Luz Nocturna y en qué diablos estaba haciendo. Pero, al mismo tiempo, se había distraído brevemente con las orejas de Bunny. Sin duda, una era más larga que la otra... unos dos centímetros... y, entonces, ¡BAM! Se quedó dormido y, aunque seguía oyendo la voz de Luz Nocturna, era como si el niño estuviera a miles de kilómetros de distancia... Decía algo sobre Katherine..., sobre salvarla.

Así que su mente dormida empezó a dirigirse hacia Katherine. Vio fragmentos del tiempo que había pasado con ella. Cuando estuvo tan cerca de la muerte tras luchar contra Sombra y el Oso y ella había curado sus heridas. Cuando ella lo sacó de su amargo y solitario caparazón. La forma en la que se habían salvado el uno al otro una y otra vez. Después soñó con Luz Nocturna. Soñó con la encantadora amistad entre Katherine y el niño espectral.

Sin embargo, estaba preocupado. Katherine estaba creciendo, pero ¿se podría decir lo mismo de Luz Nocturna? Era una criatura de otro mundo que no cambiaba nunca; ni crecía, ni adelgazaba, ni engordaba; ni siquiera le cambiaba el pelo. Había sido un niño desde quién sabe cuánto tiempo. Resultaba perturbador, y a medida que el sueño de Norte se oscurecía, empeoraba. Vio a Katherine crecer y envejecer. Luego parecía que Luz Nocturna había desaparecido, se había fundido con la nada, y al hacerlo, los ojos de la niña se cerraron. La oscuridad la envolvió como un sudario, un sudario que se convirtió en la capa de Sombra. Entonces el rostro de Sombra apareció en lo alto de la capa y empezó a girar más y más rápido, emitiendo un sonido horrible, muy desagradable, el sonido de una risa áspera y chirriante. Norte estaba aterrado. Se sentía muy lejos. Se sentía indefenso.

Y después, como un relámpago, todo cambió.

Ahora Katherine estaba de pie frente a él. Su rostro parecía enorme. Aquello resultaba familiar... ¡Lo era! Era cuando Sombra había convertido a Norte en un juguete durante la batalla en el Himalaya: Katherine había alzado, sostenido y protegido su cuerpo minúsculo y paralizado, y había tenido un sueño que lo había salvado: el de su futuro. Había sido tan glorioso, tan hermoso... Construiría una gran ciudad de nieve y hielo que estaría llena de magia y buenas obras. Sería como Santoff Claussen, pero a una escala enorme, magnífica. Con varios destellos fuertes y brillantes, vio los sueños de Katherine para él con más claridad que nunca; los contempló como una realidad, como lo que *podría* ser: habría una gran torre con un capitel con forma de poste que se alzaría desde el centro de la ciudad, y de ese poste surgirían luces para el mundo...

Y ahora... Ahora podía oír con claridad la voz de Katherine que le rogaba: «Construye este lugar... Destruirá a Sombra... Me salvará.» A continuación pronunció las palabras que todos usaban, las más poderosas de toda la magia: «Tengo fe. Tengo fe. Tengo fe.»

¡Fe, por supuesto! Norte pensó con la parte consciente de su mente dormida. Katherine le estaba mandando un mensaje desde dondequiera que estuviera retenida, ¡lo sabía! Era tan fuerte como cualquier sentimiento que hubiera tenido antes. Luz Nocturna le había dicho que encontrara la forma de salvar a Katherine. Pero no había tenido que hacerlo. Había recibido el modo de hacerlo. ¡Mediante los lazos de su amistad, Katherine estaba diciéndole cómo salvarla!

Luchó por despertar. Pero esa maldita arena de sueños era demasiado poderosa.

CAPÍTULO VEINTE

De Sueños, Reliquias y Poderes Insospechados

LA ARENA DE SUEÑOS ERA, EN EFECTO, PODEROSA, pero cuando los Guardianes compartían un sueño idéntico, la fuerza de su lucha por despertar era aún mayor. A todos les había parecido que Katherine había intentado ponerse en contacto con ellos mediante ese sueño. Y así se despertaron, sacudiéndose la pereza de la mente y alzándose con un grito, una llamada a la acción unánime.

–¡Hay que hacer realidad este sueño! Por el bien de Katherine y por el de todos –proclamó Ombric. Notaba que volvía a tener energía. Se sentía como el Ombric de siempre. Pensó rápidamente en todas las posibilidades y circunstancias. Asentía para sus adentros mientras reflexionaba.

Primero, ese tal Sandy había ido a ayudar a Katherine e insistía en que no lo siguieran. Y ahora recibían el primer mensaje de ella desde su secuestro. Ombric asintió de nuevo. Sandy debe de estar haciendo progresos. Y por eso, la elección fue obvia: había que construir la ciudad del futuro de Norte. Ombric todavía dudaba de la razón o el modo, pero sabía que podría suponer la salvación de Katherine.

Alzó la vista y vio a sus compañeros Guardianes asintiendo a la vez, pues habían tenido las mismas ideas y estaban de acuerdo. Todos sabían lo que había que hacer. Era osado. Era ambicioso. Era diferente a todo lo que habían intentado antes. Había que construir una nueva ciudad. Y había que cambiar una antigua.

Toothiana voló a la ventana de la Gran Raíz.

—¡No hay tiempo que perder! —exclamó dirigiéndose al pueblo entero, y después proyectó su llamada luminosa y musical hacia Punjam Hy Loo—. El elefante mágico debe venir a ayudar —añadió. Volvió a cantar de nuevo, meneó la cabeza como si estuviera escuchando al viento y luego, agitando sus alas, llenó el aire de los alrededores del pueblo con una legión de minúsculas ayudantes guerreras.

Bunny inclinó una oreja con aprecio y seguidamente martilleó cuatro veces en el suelo con el pie. En cuestión de segundos, cientos de huevos guerreros surgieron de túneles nuevos alrededor del límite exterior del frondoso bosque que rodeaba la Gran Raíz. Con aquellas piernas que parecían palos, se apresuraron hacia la vivienda de Ombric.

—Las criaturas del aire necesitarán la ayuda de las de la tierra —explicó el hombre conejo sonriendo.

Ombric observó todo con aprobación. Sostuvo su bastón en el aire.

—¡Guardianes! —bramó—. Queridos amigos, colocad vuestras reliquias juntas. ¡Esta misión precisa de todos nuestros poderes!

Los búhos empezaron a ulular como locos, como si notaran que algo sin precedentes estaba a punto de ocurrir. Bunny apoyó su bastón contra el de Ombric y el huevo enjoyado de su punta empezó a brillar. Toothiana tomó su caja de rubí y la unió a los bastones. El brillo pasó del pálido al rojizo, cada vez más brillante, más resplandeciente. Entonces todos miraron a Luz Nocturna y a Norte. Luz Nocturna hizo señas a Norte para que se acercara.

El valiente bucanero mantenía la cabeza baja; casi parecía… avergonzado. Su voz era apenas un susurro cuando dijo:

—Realmente sois verdaderos amigos. —Abrumado, hizo una pausa. Al fin añadió:— Que me ayudéis a hacer realidad este sueño que se me ha dado es…

—Querido Norte —lo interrumpió Bunny—, es, según creo, un sueño que todos compartimos.

Las palabras del pooka eran sinceras. Aquel sueño ya era de todos.

Norte agarró su espada y apuntó con su filo en forma de luna creciente a las demás reliquias. La luz del arma de Norte era casi demasiado brillante para la vista. Hubo un momento de duda.

Ombric dijo lo que todos los demás habían comprendido de repente:

—¿Funcionará esto sin las últimas reliquias?

Eran cinco las reliquias de la Edad de Oro que, según les había dicho el Zar Lunar, necesitarían para derrotar a Sombra, pero solo tenían tres.

Las orejas de Bunny empezaron a agitarse sin control en direcciones opuestas. Entonces, de forma repentina, se pararon.

–¡Luz Nocturna! –gritó–. ¡Tu bastón! Sus poderes, combinados con el poder del bastón de Ombric, podrían ser suficientes..., si mis cálculos son correctos.

Los otros asintieron e instaron a Luz Nocturna a acercarse. Pero Luz Nocturna se resistía... Sabía que se equivocaban. Había que convencerlos, así que se aproximó y alzó su bastón hasta las demás reliquias. Efectivamente, su punta de diamante empezó a brillar. El rayo de luna que vivía en su interior –el cual había enviado el propio Hombre de la Luna– parpadeó y resplandeció con más fuerza que nunca. Sin embargo, no era lo que necesitaban. Luz Nocturna sintió la preocupación y la decepción de sus amigos cuando su luz colectiva no logró hacerse más brillante a pesar de la suma de su bastón.

—¡Todavía no es lo bastante fuerte! —dijo Ombric con voz tensa.

Luz Nocturna se sentía frustrado. Sus compañeros Guardianes tenían mucho saber, pero algunas veces no lograban ver las cosas más obvias. O se olvidaban de mirar.

De nuevo, la mente infantil de Luz Nocturna fue la única que pudo entender la verdad: si el Zar Lunar había enviado a Sandy, seguramente este habría traído consigo algo de gran valor para los Guardianes. *Si Sandy es de la Edad de Oro, también lo es su arena.* El niño tomó varios granos de la arena de Sandy y los sopló hacia la luz de las reliquias.

Un resplandor tan brillante como doce soles llenó la habitación instantáneamente. Así, el sueño de

Katherine para Norte comenzó su viaje desde la dimensión de los sueños al terreno de lo real.

En ese mismo instante, todos los árboles del bosque comenzaron a arrancar sus raíces. Las demás criaturas de Santoff Claussen empezaron a notar los efectos de la magia que estaba recorriendo el pueblo. Se dieron cuenta de que algo sorprendente estaba a punto de ocurrirles.

La mitad de aquel lugar maravilloso iba a hacer un viaje; la otra mitad se quedaría a la espera.

Viejos y nuevos amigos se separarían. Por el bien de todos.

CAPÍTULO VEINTIUNO

Otra Pesadilla

KATHERINE IBA CORRIENDO. Estaba en un bosque. Era de noche. La luna brillaba en el suelo, lo cual mejoraba su visión, pero también hacía que las sombras fueran más espesas y oscuras debido al contraste. No había nada de viento; el aire resultaba denso y pesado a su alrededor. No había insectos cantando ni el leve rumor de un bosque de noche. Solo un silencio perturbador. El único sonido que se oía era el de sus pasos en la hierba.

Y el sonido de la Cosa que la perseguía.

Tenía la sensación de haber estado corriendo durante días. Aunque avanzara con mucha rapidez, sus pies parecían pesados como el plomo. Apenas podía levantarlos. Oyó a la Cosa acercándose por detrás. Sus movimientos eran suaves y ágiles. Se acercaba rápidamente.

¡Tenía que darse prisa! ¿Por qué le pesaban tanto los pies? Parecía que iba más despacio a cada paso que daba.

Vio a la Cosa, pero solo durante unos instantes fragmentarios, cuando, en su avance, pasaba de las sombras de las hojas a la luz de la luna y de nuevo a las sombras. Luz. Sombra. Luz. Sombra. Una intermitencia horrible. Nunca era lo bastante larga para ver a la Cosa con claridad. Era una masa retorcida y tosca, tan grande como el Oso, pero muy diferente de un oso. Distinta de cualquier ente conocido. Estaba enrollada y anudada, como una maraña de serpientes gigantes, pero además tenía un brazo; un brazo humano, el de Sombra, que surgía del centro de la Cosa y se agarraba al suelo para arrastrarse hacia delante. Enormes colas de serpiente, cada una tan gruesa como el tronco de un arbolito, se asomaban y retorcían de la masa principal, ayudando al brazo a mover su peso sobre rocas y raíces con una facilidad perturbadora.

Katherine estaba desesperada por alejarse de la Cosa. Tenía que ser más rápida. Pero sus pies resultaban cada vez más pesados. Cada paso entre las raíces de los árboles resultaba más difícil; luego, casi imposible. La Cosa se acercaba aún más.

Por delante había un pequeño claro en el que el suelo estaba nivelado. Katherine se convenció de que tenía que llegar... Quizá podría correr más deprisa desde allí. Avanzó trabajosamente. El sonido de las garras tras ella –un fino susurro culebreante– se acercaba. Ahora no se atrevía a mirar atrás.

Llegó al claro. Sus primeros doce pasos fueron una victoria: ¡ligeros y fuertes, estaba ganando velocidad!

Sus pies volvían a ser rápidos, ¡estaba acelerando! Notaba que la fuerza recorría sus piernas mientras aligeraba el paso. Se sintió revitalizada, como si pudiera avanzar así para siempre. Con los puños apretados, movía los brazos arriba y abajo al unísono con sus zancadas.

Delante de ella había un árbol inmenso. Resultaba familiar. ¡Era la Gran Raíz! ¡Más rápido! ¡MÁS RÁPIDO! Sabía que, si lograba llegar a la puerta, estaría a salvo. Intentó pedir ayuda… Alguien la oiría y la ayudaría.

–¡Luz Nocturna! –jadeó, pero le faltaba aire. No se atrevía a disminuir su velocidad. La Cosa estaba justo detrás de ella. La alcanzaría. Lo volvió a intentar–: ¡Luz Nocturna, ayúdame!

Pero su voz era apenas un suspiro. Más rápido. Más rápido. Más rápido.

En ese momento, su pie pisó algo que parecía barro... o algo más blando. La pierna se le hundió hasta la rodilla. El siguiente paso desesperado que dio la sumergió aún más. Intentó seguir avanzando, pero no sirvió de nada. Se estaba hundiendo.

Oyó a la Cosa apresurándose tras ella. Tenía demasiado miedo para mirar. Se estaba sumergiendo muy deprisa. Luchó por liberarse del barro absorbente sin dejar de mirar, ansiosa, a la Gran Raíz. El árbol empezó a alejarse de ella. ¿Cómo podía ser? La distancia entre ellas —el suelo mismo— empezó a elevarse en el aire. ¿Sus amigos la estaban abandonando?

La Cosa. No se atrevía a darse la vuelta, pero sabía que estaba a unos pasos de distancia. Mientras recorría el pequeño espacio que quedaba, Katherine oyó que llegaba al barro. No podía estar a más de tres metros. Dos. Cerró los ojos. No sirvió de nada. Seguía viendo a la Cosa en su mente. Entonces sintió esa mano en el cuello.

Intentó gritar. Pero no le salió nada. Ni siquiera un gemido. Si sus amigos pudieran oírla, vendrían. Siempre lo hacían. ¿Por qué no la oían?

CAPÍTULO VEINTIDÓS

Por Fin un Viento Amable

SANDERSON MANSNOOZIE HABÍA ESTADO extremadamente atareado. Había registrado el planeta entero en busca de Katherine sin éxito.

No había buscado de forma convencional. No había estado merodeando en busca de la niña con sus ojos. Tampoco había preguntado a las gentes o a las criaturas si la habían visto o si habían notado algo inusual que pudiera guiarlo hasta ella. Podía haber preguntado a cualquier nube pasajera o a otros fenómenos naturales como el viento o el arco iris, pero sabía que no le dirían nada. Había comprendido que estaban bajo la influencia de Emily Jane. Por supuesto, no la conocían por ese nombre. Solo sabían que era Madre Naturaleza. De hecho, estaba seguro de que lo estaban observando y de que la informaban de todos sus movimientos.

Aquello no le sorprendía del todo. Las numerosas tragedias de la vida previa de Madre Naturaleza la habían convertido en un ser solitario y desconfiado. No era extraño que tuviera vigilantes en todas partes. No obstante, esperaba que, si recibía información de su paradero, su vieja amistad la incitaría a contactar con él —y, ojalá, a ayudarlo—, pero hasta entonces aquel gesto no había llegado. Tampoco le resultaba raro, ya que de niña no solía recurrir a los demás. Había algunas criaturas deseosas de contarle lo que sabían sobre el modo en que Emily Jane se había convertido en la matriarca de la naturaleza. Los seres marinos mostraban más simpatía por su misión. Especialmente las caracolas marinas y las sirenas. Habían conocido a Mansnoozie y su isla durante su largo sueño y habían cuidado de él. Habían visto lo ocurrido durante la formación de su isla. Habían visto la explosión de la estrella y a la niña que se había liberado de la destrucción. No la conocían como Emily Jane. Para ellas, no tenía nombre. Sin embargo, habían comprobado el poder que poseía sobre el viento, las nubes y los fenómenos naturales. La habían visto usar la magia que Typhan le había enseñado. Para ellas, era una fuerza misteriosa. Siempre en movimiento. Nunca quieta. Calmada un día. Tormentosa al día siguiente.

Así que Sandy buscó a Katherine de la mejor manera que sabía: oyendo sus sueños.

Casi todas las criaturas vivientes sueñan. Los perros, las ranas, las gacelas, los ciempiés, los *guppis*, al igual que algunas plantas, como el diente de león o el sauce llorón. Sandy oía los sueños de todas las criaturas —y de todas las personas— de la Tierra. Estaba seguro de que oiría los de Katherine. Los sueños de los Guardianes eran diferentes de todos los demás sueños con los que se había encontrado. Además de que eran extraordinariamente vívidos —a diferencia de los demás, tenían una claridad muy real—, había observado que los Guardianes tenían la habilidad de «compartir sueños»: sus mentes podían unirse mientras dormían. Pero en el caso de Katherine, esa unión se había dañado y, quizá ahora, se había perdido. Incluso criaturas tan poderosas y misteriosas como Sombra o Madre Naturaleza tenían sueños, aunque Sandy no tenía ni idea de cómo eran; ambos habían logrado bloquear sus esfuerzos por leerlos. Pero aún sentía la presencia distante de sus sueños, por lo que sabía que estaban en alguna parte.

También sabía que Norte y los otros habían recibido un sueño de Katherine mientras él la buscaba. Había sentido sus sueños cuando experimentaron el mensaje de Katherine. Pero no había *sentido* ese sueño. ¿Cómo podía ser? Sospechaba del sueño de Katherine, aunque parecía bienintencionado. ¿Cómo lo habría mandado? ¿Lo habría mandado *ella*?

Porque, en el caso de Katherine, no sentía nada. Solo una cosa podía hacer que alguien dejara de soñar. Eso preocupaba a Sanderson Mansnoozie en su viaje, sentado sobre su nube de arena de sueños. Procuraba evitar la pregunta más temida, pero el momento había llegado: ¿podría ser que Katherine ya no viviera?

Aquel pensamiento era oscuro y triste. Aunque no conocía a la niña, muchas veces había oído sus deseos durante su gran sueño, por lo que sabía que era extraordinaria.

¿Sería Sombra tan maligno como para haber acabado con ella?

Sandy notó que la tristeza se asentaba en su interior, y su nube de arena de sueños empezó a lloviznar. Era una lluvia ligera de gotas de tristeza pura. *Pobre niña*, pensó. *Tan sola y perdida como Emily Jane... Y quizá para siempre.*

Unas nubes densas y oscuras empezaron a formarse y a hincharse espontáneamente frente a él. Eran gigantescas y de aspecto tormentoso, pero no traían viento ni truenos. Cuando Sandy se vio rodeado por la tormenta, una voz familiar brotó a su alrededor. Procedía de las nubes.

—Puedo soportar el llanto de cualquiera, pero el tuyo, no. —¡Era Emily Jane Sombriner, ahora la Reina Madre Naturaleza!— Además, aquí controlo yo la lluvia. Espera, te llevaré a la niña.

Me va a llevar hasta ella, pensó Mansnoozie mientras el alivio inundaba hasta la partícula más pequeña de su ser. *¡Katherine debe de estar viva!*

Miró hacia arriba, hacia la nube más cercana, que empezó a agitarse como un torbellino apretado, estrechándose en una especie de túnel. Durante un instante, distinguió a Emily Jane en la apertura. Los lados de su ropa majestuosa se agitaban y parecía que eran lo que movía a las nubes. Sandy sintió una satisfacción profunda al volver a verla, al fin. Sin que él se diera cuenta, ella había crecido. Todavía resultaba más gratificante saber que el tiempo que había estado con él había dejado un eco de bondad en su alma.

Sandy saludó seriamente con la cabeza y ella le devolvió el saludo. Los viejos amigos a veces no necesitan palabras para entenderse. Después el viento se llevó a Sandy y puso rumbo hacia Katherine.

CAPÍTULO VEINTITRÉS

Un Sueño que se Hace Realidad

EL PODER COMBINADO de las tres reliquias y la arena de sueños resultó extraordinario. Su energía colectiva era casi nuclear, pero suave y eficiente, no destructiva. Se liberó un cuatrillón de moléculas, todas con la intención de transportar de forma instantánea y sin daños ni molestias gran parte de los recursos de Santoff Claussen a un lugar que estaba prácticamente en el lado opuesto del planeta. Los árboles del bosque encantado, los libros de la biblioteca de Ombric, el Oso, los elfos de Norte, una docena de cada especie de las criaturas del bosque –incluyendo una pequeña manada de poderosos renos–, el señor Qwerty, el genio robot, los Guardianes y sus ayudantes... Todos aparecieron en un asombroso paisaje helado.

¡Pero aún había más!

Del Lamadario Lunar llegaron docenas de yetis, el reloj que permitía viajar en el tiempo, la magnífica torre voladora..., así como la siguiente carta de los lamas:

Puede venir bien. O ser útil. O quizá necesario. O incluso esencial. O no. Pero es posible.

Todo llegó y aterrizó en su destino final según el diseño preciso que se había formado en la imaginación de Norte, que estaba atónito. Había estado elaborando los planos de su «Nueva Ciudad en el Norte», como solía llamarla, desde la primera vez que Katherine le mandó su sueño del futuro. Aunque lo había hecho solo durante ratos de tranquilidad. Les había enseñado a sus compañeros Guardianes un modelo en papel de la ciudad, pero era algo simple, apenas un boceto infantil. Pero ese... ese era como si su imaginación se hubiera desplegado a la realidad.

También era otra realidad que el lugar donde habían aterrizado era frío. Muy frío. Se habían apretado formando un gran grupo, mirando el paisaje helado a su alrededor. Estaban en una cima cubierta de nieve, y ante ellos se extendían kilómetros y kilómetros de nieve y glaciares. Los enormes cedros y pinos del bosque encantado se habían desraizado en Santoff Claussen hacía poco tiempo y, por arte de magia, ya estaban plantados alrededor de la base de la cima, formando una muralla alrededor de la futura ciudad.

Ombric se acarició la barba, se aclaró la garganta y lanzó a Norte una mirada inquisitiva. Su antiguo aprendiz se había convertido en un mago cuyos logros eran sorprendentes. Y, aunque el viejo hechicero no lo admitiera en voz alta, de algún modo Norte era más que un igual de Ombric.

—Bien hecho, muchacho —dijo—. *Bueno, ¿y exactamente dónde estamos?*

Norte advirtió que su viejo maestro estaba muy impresionado. En el pasado se habría regodeado y habría dicho algo para molestar al anciano, pero ahora sabía que no era un buen momento. Tenían por delante la misión más importante de sus vidas y el tiempo apremiaba.

Norte abrió mucho los brazos, como para incluir a todos en su respuesta.

—Estamos en el Polo Norte magnético del hemisferio norte —exclamó con fuerza suficiente para que todos lo oyeran—. La primera ciudad de la nueva Edad de Oro estará aquí.

—El Polo Norte —murmuró Bunny pensativo—. Recuerdo la vez que lo magneticé. Buena elección.

Toothiana, sus tropas, los huevos guerreros, los yetis, los renos y todos los demás parecieron estar de acuerdo.

Luz Nocturna se limitó a sonreír. Le alegraba haber ayudado, pero tenía sus propios planes.

CAPÍTULO VEINTICUATRO

Algo Quizá Peor

EMILY JANE Y SANDY llegaron en sus nubes a la entrada de una pequeña cueva en las afueras de la ciudad de Tanglewood, al noreste de un lugar llamado América. Los duros pinos y los abetos hacían que el bosque a su alrededor fuera muy denso, y muchos murciélagos revoloteaban entre los árboles, saliendo y entrando por la boca de la cueva. Un viejo y desgastado sendero indio conducía hasta ella. Si Luz Nocturna los hubiera acompañado, habría reconocido aquel triste y oscuro lugar donde Sombra estuvo congelado durante siglos, sujeto por la daga de diamante del niño espectral en su corazón.

Emily Jane y Sandy se envolvieron en una densa capa de nubes para no ser vistos. Después ella dijo a su viejo amigo:

—Yo llego hasta aquí. Después de todo, es mi padre… para bien o para mal.

Sandy asintió de nuevo. Nunca hablaba de otro modo que no fuera mediante sueños o pensamientos. Había entendido su razonamiento. Por eso le sorprendió que ella siguiera hablando, dando voz a sus temores.

—Me prometió que no convertiría a la niña en su princesa —le dijo—, pero ha hecho algo quizá peor.

Sandy frunció el ceño.

—Lo verás por ti mismo —añadió. Conocía muy bien a Sandy, así que sabía cuál era su pregunta sin que la formulara. Lo tomó de las manos un instante y añadió—: Ten cuidado. Padre ya no tiene salvación… Es un salvaje de los pies a la cabeza.

Después, Emily Jane se volvió apresuradamente; el viento le agitaba la ropa. En cuestión de segundos, su nube se hinchó y desapareció en el cielo nocturno, llevándosela consigo.

Sanderson Mansnoozie se había enfrentado a un sinfín de peligros durante su larga y variada vida, pero esa vez sentía un miedo más oscuro que la profundidad del espacio.

CAPÍTULO VEINTICINCO

—◆—

Un Lugar de Posibilidades Ilimitadas

A MILES DE KILÓMETROS DE DISTANCIA, en el Polo Norte, las cosas estaban progresando a un ritmo y con una facilidad sorprendentes. Se estaba gestando una pequeña pero fantástica ciudad.

Los Guardianes estaban aprovechando al máximo sus variados talentos. La fuerza de los yetis, de Oso y del genio robot se había empleado en cortar y modelar el hielo y la madera que servirían para las imaginativas estructuras de la ciudad. Toothiana y sus hadas entraban y salían volando por las torres y los edificios exteriores y excavaban ventanas y puertas con decoraciones intrincadas en las paredes de 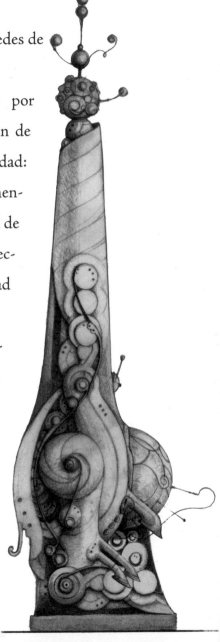 hielo macizo.

Bunny estaba atareado por todas partes. Era un huracán de actividad creadora en la ciudad: extraía del suelo bloques inmensos de hielo o cavaba una red de elaborados túneles para conectar cada edificio de la ciudad con el resto del mundo.

Ombric y Norte se ocupaban específicamente de la gran torre central que serviría como señal oficial de la ciudad de Norte. La pieza central era la torre voladora original de los lamas lunares.

El Polo Norte

Una vez que la pusieron en su sitio, tras una maniobra que, a primera vista, parecía desafiar las leyes de la gravedad, empezaron a ampliar la vieja estructura. La hicieron más alta, más grande e incluso más impresionante.

Norte lo tenía todo planeado: la torre se convertiría en un faro para el mundo. Generaría un haz de luz multicolor que llegaría casi hasta los cielos y que ya tenía el nombre de «luces del norte». Estas luces serían capaces de enviar todo tipo de mensajes a los Guardianes y sus aliados, sin importar el lugar de la Tierra en el que estuvieran.

Además, el emplazamiento preciso de la torre permitía a Norte ver cualquier lugar del planeta a sus pies. Y lo mejor de todo era que también podía volar. Su poder de transporte no se parecía a nada que hubiera existido desde la Edad de Oro. Podía atravesar la atmósfera de la Tierra y adentrarse en el cosmos.

—Piénsalo, viejo —dijo Norte a Ombric con cierta excitación—. Seremos capaces de viajar a la Luna. ¡Conoceremos al Zar Lunar! ¡En persona!

Ombric estaba dando los últimos toques a la nueva biblioteca. Estaba transmitiendo todo su conocimiento, toda su sabiduría a aquel joven sorprendente cuyos inicios habían parecido tan dudosos. La idea hizo que Ombric sintiera satisfacción y quizá algo de tristeza. Su pupilo era ahora el maestro. Así debía ser. Puso la mano en el hombro de Norte.

—La Luna —murmuró—. Después de salvar a Katherine, iremos a visitar juntos al Hombre de la Luna.

Miraron hacia el cielo. La Luna estaba justo sobre el horizonte. Desde donde estaban, las posibilidades eran ilimitadas.

CAPÍTULO VEINTISÉIS

Unos Segundos Muy Provechosos

SANDERSON MANSNOOZIE ERA un ser luminoso. Estaba imbuido de esquirlas de luz estelar, por lo que brillaba con cierta fuerza. Eso suponía un problema si pretendía entrar a escondidas en la oscura cueva de Sombra. Los murciélagos que colgaban de las huesudas ramas de los árboles que había en torno a la apertura de la cueva lo vieron en cuanto desapareció la nube de Madre Naturaleza. Estaba expuesto al peligro y lo sabía. Los animales agitaron sus alas y estuvieron a punto de cantar alarmados, pero Sandy fue rápido. Con un movimiento de muñeca, mandó una niebla de arena de sueños que durmió al instante a todos los murciélagos. Cientos de aquellas criaturas cayeron de los árboles golpeándose ligeramente contra el suelo. El sordo rumor de los animales roncando acompañó a Sandy mientras se adentraba en la cueva con sigilo. Las extrañas y rizadas rocas de la entrada dieron paso a una larga rampa con forma de túnel.

Sandy divisó algo entre las sombras, algo raro y oscuro. Agitó la mano derecha, lanzando una bala de sueño en esa dirección. Cuando la arena dio en la diana, sonó un ligero *puff*. Sandy voló hasta allí para inspeccionar su objetivo. Parecía un pirata de los sueños, pero era un poco más pequeño y, en cierto modo, más vaporoso. *Uno de los hombres de las pesadillas de Sombra,* pensó Sandy. Estaba profundamente dormido y era justo lo que él necesitaba. Se envolvió con la maligna y oscura criatura, ocultando por completo su brillo. Ahora podía avanzar sin ser visto.

La oscuridad entintada de la cueva era casi total, pero Sanderson Mansnoozie podía distinguir la levísima luz que emanaba del suelo. Se deslizó entre docenas de hombres de las pesadillas sin que lo vieran, dejando a su paso suficiente arena de sueños para asegurarse de que se quedaban dormidos. El rescate sería difícil, y le harían falta todos sus recursos para tener éxito.

Cuando llegó al fondo de la cueva, el brillo de la luz aumentó. Mansnoozie estaba muy cómodo en la oscuridad. Había pasado eones en la negrura del espacio, y la mayor parte del tiempo moraba en la tierra de los sueños con los ojos cerrados. De hecho, la única debilidad que tenía era mantenerse despierto. Podía quedarse dormido con tanta facilidad y rapidez que a veces resultaba un problema. Mientras miraba desde el borde del túnel de la cueva hacia la caverna principal, sintió que le arrullaban las conocidas punzadas del sueño. Se agitó para despertar, sin saber que, a apenas unos pasos de distancia, vería algo que lo desvelaría por completo.

Encontró la única fuente de luz de la cueva. Procedía de una niña, una niña de cabello castaño que yacía dormida sobre una losa de mármol de color carbón tallada con forma de ataúd. *¡Katherine! ¡Tiene que ser ella!* Vio que respiraba... ¡Estaba viva! ¿Pero qué era aquello que había a su alrededor? Se acercó con sigilo. La rodeaba un resplandor sobrenatural.

El resplandor le fascinó. Se enredaba y ensortijaba en torno a Katherine como un ser vivo, y en su interior Sandy distinguió las cambiantes formas de decenas de minúsculos hombres de las pesadillas.

Debe de ser algún tipo de escudo, pensó con una profunda intranquilidad. ¿Era para evitar que salieran sus sueños o para mantener las pesadillas dentro? Quizá ambas cosas. ¿O quizá activaba algún tipo de alarma? Dio un paso atrás. Creía que sabía todo lo que hay que saber sobre sueños, ya sean buenos o malos, pero aquel «escudo» lo había frenado. Observó en torno a él. No había ni rastro de otros hombres de las pesadillas ni de Sombra. Estaba seguro de que la estancia estaba vacía, excepto por Katherine. Así que se quitó cautelosamente la capa de pirata de los sueños.

Si es una alarma o una trampa, que así sea, decidió. *Si actúo con rapidez, puedo salir de esta cueva antes de que alguien me atrape.*

Avanzó con cuidado un poco más.

Miró a la niña dormida y observó que tenía un rostro hermoso, pero su ceño estaba fruncido, su expresión parecía casi torturada.

¡Tiene una pesadilla!

Miró con más atención. Con cada aliento, la niña absorbía por la nariz y la boca a los pequeños y relucientes hombres de las pesadillas. El corazón de Sandy se

aceleró. *¡No puede despertarse! ¡Sombra la ha condenado a una eternidad de pesadillas!* Se enfureció. *¡Qué demonio!*

Sin preocuparse por los posibles peligros, intentó atravesar la cúpula reluciente de luz de pesadilla que rodeaba a Katherine, pero un doloroso estallido de energía rechazó su mano. Retiró el brazo de golpe y acunó la mano quemada. Se forzó a mantener la mente clara, a no perder la templanza. Para él, los sueños eran algo precioso y noble. Verlos contorsionados y convertidos en algo maligno era una abominación.

Si Sanderson se había vuelto más poderoso durante su sueño centenario, estaba claro que a Sombra le habría pasado lo mismo. Sandy sabía que tenía que ser muy listo y rápido para sacar a Katherine de aquel lugar. Estaba seguro de que podrían descubrirlo en cualquier momento. Pero ¿cómo iba a llevársela? Cualquier esfuerzo por atravesar aquel formidable escudo de pesadillas llevaría bastante tiempo y llamaría la atención. Las ideas bombardeaban su cabeza, pero ninguna era correcta, por lo que se sentía paralizado.

Sintió un resplandor luminoso detrás de él. *Sombra me ha visto*, pensó, y le inundó la preocupación. No obstante, giró y disparó torrentes de arena de sueños con ambas manos contra aquello que se acercaba.

Los dardos de arena fueron rechazados sin dificultad. ¡Y en el polvo disperso Sandy no vio a Sombra, sino a Luz Nocturna! Llevaba su bastón rematado con la punta de diamante en una mano y un puñado de arena de sueños recién atrapada en la otra. El niño sonrió a Sanderson Mansnoozie. Sandy no sabía si sentir alivio por no haber sido descubierto o cierta perturbación. Creía haber dejado claro que no lo siguieran cuando había hablado con los Guardianes. Sin embargo, no podía negar que se alegraba de ver a ese niño extraño y resplandeciente. También le extrañaba que la arena de sueños no le afectara. ¿Por qué no se quedaba dormido?

Luz Nocturna había intuido que Mansnoozie podría guiarlo hasta su Katherine y también que el hombrecito podría necesitar algo de ayuda. Se había escapado de los demás Guardianes en el Polo Norte y había estado siguiendo al capitán de sueños a una distancia prudencial, pero había llegado el momento de pasar a la acción. Sin decir una palabra, Luz Nocturna avanzó de un salto con el bastón en la mano y golpeó con él la base de la piedra con forma de ataúd en la que yacía Katherine. Con un solo golpe, el bastón con punta de diamante atravesó la piedra por completo.

Asombroso, pensó Sandy.

Luz Nocturna disfrutaba con el asombro del hombrecito. Al igual que el rayo de luna de su bastón. Pero el rayo percibió de pronto el peligro. Brilló para avisar a Luz

Nocturna. Recordaba bien aquel lugar; ¿acaso el niño no? El rayo de luna había encontrado allí a Sombra, con el corazón atravesado y clavado en la misma piedra en la que Katherine estaba confinada. Clavado con la daga de diamante en la que ahora vivía: la daga de Luz Nocturna.

Sanderson se dirigió al rayo de luna, atendiendo a sus pensamientos. Podía ver todos los detalles del recuerdo que manaba a través de aquel minúsculo resplandor lunar.

Y mientras Sanderson Mansnoozie escuchaba, le entró sueño, cada vez más sueño. Y un pestañeo después, empezó a soñar con los recuerdos del rayo de luna, con el modo en que se había convertido en la luz del bastón de Luz Nocturna y con la increíble historia del propio Luz Nocturna.

Todo ocurrió en un instante, como suele ocurrir con los pensamientos y los sueños, pero aquellos segundos demostraron ser muy provechosos.

CAPÍTULO VEINTISIETE

Sobre Luz Nocturna, el Rayo de Luna y el Poder de un Buen Beso de Buenas Noches

SANDY OYÓ LAS MEMORIAS del rayo de luna al mismo tiempo que la joven luz las recordaba.

«Me caigo –comenzó la luz de luna– en un lugar oscuro. Veo cosas por primera vez en la cueva oscura, toda sombría y de pesadilla. La cueva oscura está igual, excepto que el Sombra está aquí. En esta misma piedra. La piedra de las pesadillas donde estuvo atrapado todo aquel tiempo. En la roca debe de seguir viviendo polvo y oscuridad del Sombra. Atrapando a Katherine de

Luz Nocturna. Haciendo que Katherine de Luz Nocturna sueñe pesadillas terribles una y otra y otra vez.

»Pensar en ello es horror frío. Recuerdo la última vez. Siento el mismo frío. Cuando entro en la daga diamantina. La que había atravesado al Sombra, a través del corazón frío del Sombra y a través de la piedra y que mantenía al Sombra prisionero. Lo mantuvo ni vivo ni muerto, solo... allí. Dentro de la daga estaba todo el tiempo mi niño Luz Nocturna. Rodeado de frío horrible. Durante casi una eternidad. Congeló a mi niño. Lo dejó inmóvil. Separó de él sus memorias. Pero mi luz lo avisó, lo despertó y liberó a mi Luz Nocturna. Se escapó del diamante gracias a mí. Necesitaba un poco de luz de la luna para recuperar sus fuerzas.

»Pero el diamante me atrapó, igual que atrapa cualquier luz mágica que entra en él. Pero no me importa. Porque sé que ayudo al Luz Nocturna a estar libre. Y debe estar libre. Es el héroe de todos. Pero nadie conoce el todo de su historia. Solo yo. Porque sus recuerdos se quedaron aquí en el diamante. Puedo sentirlos.

»Algunos saben que era amigo del Hombre de la Luna. Algunos saben de su lucha con el Sombra. Pero solo yo sé lo que vino antes: que el Luz Nocturna era el Guardián del Príncipe de la Luna cuando este era un niño. El Luz Nocturna es un ser especial. El único que ha habido. Un niño de luz que puede vivir para siempre y nunca envejece. Y siempre protege al infante de la Edad de Oro, especialmente de las pesadillas. Nunca duerme. Y siempre está vigilante.

»Pero está condenado a una pena. Porque, aunque protege y cuida del príncipe, llega un tiempo de tristeza en el que el príncipe crece y deja de necesitarlo. Y su vida será tristeza hasta que nazca otro niño que gobierne, y entonces la alegría y la pena vuelven a empezar.

»Pero el Luz Nocturna lo sabe y acepta la carga, y cada noche se queda y protege el sueño del niño príncipe. Cada noche el Luz Nocturna espera la llegada de la Reina Madre y del Rey Padre para que den un beso de buenas noches a su príncipe. El beso mágico de buenas noches. Así de poderoso es ese beso. Se lleva todos los dolores. Hace que los sustos y las penas se desvanezcan. Mi Luz Nocturna también tiene ese poder. Pero no lo sabe. No puede darlo y seguir siendo Luz Nocturna. Pero su magia es como la de los padres. Y cuando estos se van después del beso, mi niño Luz Nocturna canta su canción:

Luz nocturna, luz brillante,
dulces sueños te daré.
Duerme bien toda la noche.
Y por siempre brillaré.

»Después lanza arena de sueños al príncipe y vigila toda la noche. Todas las noches. Nunca duerme mi niño Luz Nocturna. Y mata a cualquier pesadilla del Sombra que pueda hacerle daño al principito.

»Pero en ese momento llega el terrible Sombra, y el Rey Padre y la Reina Madre saben que el Sombra quiere llevarse a su niño. Para acabar con el Tiempo de Oro, el Sombra debe librarse del niño príncipe. Y por eso le dan al Luz Nocturna una promesa:

Cuida de nuestro hijo,
guíalo lejos del camino del mal,
porque es cuanto tenemos, cuanto somos
y cuanto llegaremos a ser.

»Y alrededor del Sombra todo es batalla terrible, y captura a la Reina Madre y al Rey Padre. Y mi niño

Luz Nocturna esconde al príncipe, pero el pequeño está asustado. El principito llora, y esto hiere el alma de mi Luz Nocturna. Mi Luz Nocturna toma las lágrimas del niño príncipe…, las aprieta con fuerza como un tesoro junto a su corazón palpitante y pronuncia la promesa, y al hacerlo se produce algo mágico. Las lágrimas le queman la mano a mi Luz Nocturna… Queman hasta que mi niño casi no puede más, pero lo aguanta.

»Y entonces las lágrimas cambian: se vuelven fuertes, se convierten en la daga de diamante. Y mi Luz Nocturna sabe que solo él puede usar la daga para acabar con el Sombra. Mi Luz Nocturna sabe que probablemente morirá y nunca volverá a ver a su príncipe, así que susurra al niño príncipe con mucha, mucha amabilidad: «Recuérdame en tus sueños.» Y sale volando para enfrentarse al terrible Sombra.

»Y al final logra detenerlo. Y al final se chocan aquí. Y Luz Nocturna siente frío durante más tiempo que nadie dentro del corazón frío del Sombra. Nunca se hará mayor ni envejecerá, y todos sus seres queridos crecerán más que él y lo dejarán, y él siempre será igual. Pero no recuerda casi nada de esto. Lo cual es obra mía. Yo me he aferrado a sus recuerdos. Así no sabrá de estos dolores. Así no tendrá penas. Así que yo y ahora tú sabemos su importancia en la historia de los buenos y los valientes.»

CAPÍTULO VEINTIOCHO

Luz Nocturna Recuerda y la Arena de Sueños Hace su Trabajo

SABIENDO QUE TENÍAN QUE ESCAPAR, Luz Nocturna se inclinó hacia el reciente corte en la piedra y abrió el puño lleno de arena de sueños. Con la palma hacia arriba, sopló la arena con un aliento suave. La arena se fijó rápidamente en el corte, y, cuando el último grano hubo caído en su interior, el bloque de piedra entero se elevó unos treinta centímetros sobre el suelo, por arte de magia.

Pues claro, pensó Mansnoozie, que se despertó de repente al acabar la historia del rayo de luna, e hizo una conexión instantánea. *Luz Nocturna recuerda, por lo menos, los poderes de la arena de sueños.* Sandy añadió al instante su propio torrente de arena y pronto una nube resplandeciente se formó bajo el lecho de piedra de Katherine, alzándolo todavía más alto. Ya era hora de volver. Sabían que los verían. Luz Nocturna miró hacia Katherine y sintió un dolor espantoso. Su querida amiga parecía muy triste. Estaba encerrada prácticamente en el mismo lugar de su propio cautiverio. Odiaba los sentimientos que aquello hacía aflorar en su corazón.

Sandy hizo que la arena siguiera discurriendo hacia delante, y su luz alumbraba la habitación como la luz del sol. Como había imaginado, empezaron a sonar las alarmas. El murmullo de los ejércitos de hombres de las pesadillas y temores acercándose resonó por todos los rincones de la cueva.

Mansnoozie no estaba preocupado. Sabía que la magia de la nube de arena de sueños era potente. Y estaba seguro de que, en un instante, los tres saldrían volando de la cueva y surcarían el cielo del atardecer. Verían rastros de las luces de la lejana torre de Norte, que les indicarían el camino para ponerse a salvo.

Los hombres de las pesadillas trataron de seguirlos, pero un rastro de arena de sueños los dejó dormidos.

Nuestros héroes habían logrado escapar. En realidad, había sido bastante fácil.

Y no había rastro de Sombra.

CAPÍTULO VEINTINUEVE

Un Mar de Pesadillas y una Mano Tendida

KATHERINE PERMANECÍA DORMIDA y en silencio dentro de la energía de la piedra de las pesadillas que ahora flotaba deprisa hacia el Polo Norte. No obstante, notaba que algo estaba ocurriendo fuera del horrible mundo en el que llevaba viviendo… ¿Días? ¿Semanas? No había modo de saberlo. Noche, día, crepúsculo… Se había olvidado del mundo real porque en el lugar en el que ahora moraba era siempre la hora de los terrores.

Al menos, creía que estaba soñando, que los miedos que la atormentaban no eran más que pesadillas.

Aunque parecían de lo más real. Tan afiladas y verdaderas como la vida. Y el pavor que transmitían era igual de fuerte. Aunque algo había cambiado.

En el sueño en el que estaba inmersa ahora, flotaba en un mar infinito y tormentoso. El agua era tan negra como la pez, y el cielo tenía nubes pesadas y sombrías. Estaba en el trineo de Norte, pero el agua lo estaba pudriendo y se estaba deshaciendo poco a poco. Las enormes olas, que se acercaban como cimas de montañas, en vez de alinearse, parecían alzarse y caer individualmente con un vaivén continuo y mareante.

Más allá estaban flotando las personas y las cosas que conocía y quería. Petrov, el caballo de Norte; el oso gigante de Santoff Claussen; todos sus jóvenes amigos: Petter, Niebla, Sascha y todos los Williams…, pero estaban tan rígidos e inertes como madera a la deriva. No podían ayudarla, ni ella podía hacer nada por ellos.

Aparecieron más amigos: el Ánima del Bosque, los huevos guerreros, los búhos, los renos, luego Ombric, Norte, Bunny y Toothiana, e incluso su querida Kailash. Pero Luz Nocturna, no. Ese fue su único consuelo. Al menos Luz Nocturna se había salvado.

Después el cielo oscuro y turbio centelleó sobre ella y se alumbró, como si explotara una estrella. Vio una mano, una mano gigante. Solo fue visible un momento, pero la distinguió con claridad.

Tenía color dorado y relucía como arena. Era la primera cosa brillante y esperanzadora que había visto durante aquellos viajes de pesadilla. Se estiró en esa dirección. Estaba tan cerca… Se lanzó hacia arriba y apenas rozó la punta de uno de los dedos gigantes.

Después la mano desapareció.

El cielo volvió a oscurecerse y las olas se volvieron cada vez más violentas. A continuación, aparecieron docenas de pequeñas figuras que flotaban en el agua a su alrededor. A diferencia de los tótems de madera de sus amigos, eran muy activas, nada estáticas. No resultaban familiares, pero la entretenían. Había tres ratones con gafas de lente oscura, un plato, una cuchara y una vaca saltarina. Eran caprichos alegres, galanterías de un amigo y aliado que sabía lo que hacía falta en aquel lugar oscuro.

Así que Katherine no tuvo miedo cuando un inmenso remolino empezó a formarse y su rápido vértice empezó a arrastrar su trineo deshecho. ¡Seguro que se la tragaría! Las gotas negras del mar tumultuoso la empaparon y enfriaron. ¡Qué frío! ¡Era Sombra! Estaba esperándola bajo aquel mar horrible.

Pero, a través del horror que la inundaba, algo le dio valor. Su mano sintió un hormigueo. Las yemas de los dedos parecieron brillar, como si estuvieran cubiertos de algo que apenas estaba allí. Lo miró de cerca. *¿Es arena?*, se preguntó. Había unos pocos granos, tres o cuatro como mucho. Entonces, en un abrir y cerrar de ojos, creyó ver a un gracioso hombrecito que brillaba como oro, y distinguió algo más… ¡Luz Nocturna! Luz Nocturna estaba cerca.

Y mientras el mar se cerraba en torno a ella, llevándosela en espiral hacia el despertar, se sintió menos sola. Sabía que, de alguna manera, sus amigos estaban intentando rescatarla. Pero, ¡oh, el frío! Notaba que Sombra estaba cerca. Sabía que había cosas asesinas en marcha.

CAPÍTULO TREINTA

Mientras, en Santoff Claussen

En Santoff Claussen TODOS SENTÍAN cierta nostalgia. Era raro, porque ya estaban en casa, pero medio pueblo se encontraba ahora en el Polo Norte. Así que la mitad que se había quedado extrañaba a la otra mitad. Petrov, por ejemplo, echaba de menos al Oso, su mejor amigo. Habían patrullado juntos por los límites del pueblo durante mucho tiempo. Afortunadamente, había otros que podían hacer compañía al valeroso caballo. Muchos niños lo montaban durante las rondas diarias. Habían formado su propia milicia para vigilar el pueblo. Sascha y Petter eran los generales de aquella joven tropa. Habían alistado a los demás niños y a muchas criaturas del bosque en calidad de capitanes y lugartenientes. Ninguno estaba por debajo de capitán, lo cual es una de las partes divertidas de inventar tu propio ejército. Las ardillas comunes, las ardillas listadas, los escarabajos, las hormigas y las mariposas tenían nuevos uniformes de aspecto militar con las letras SC (de *Santoff Claussen*) bordadas en la chaqueta. Los había enviado Norte y habían llegado por el túnel del tren que ahora unía Santoff Claussen con su ciudad.

Cada pocos días, la huevomotora llegaba del Polo, algunas veces con regalos, noticias o con visitantes que regresaban. Los tres Williams acababan de volver y contaron a todo el mundo las irresistibles historias sobre el crecimiento y la transformación de la ciudad de Norte en el lugar más hermoso que nunca habían visto. Un bosque encantado rodeaba ahora la ciudad, como el que circundaba Santoff Claussen, pero los árboles eran de hoja perenne: nunca perdían las hojas, que eran puntiagudas, como conos gigantes.

—Están cubiertos de minúsculas luces ovales que ha hecho Bunny —explicó el menor de los Williams.

La ciudad misma se situaba sobre una montaña de hielo y nieve, y, al menos, la parte exterior se había esculpido a partir de esos mismos materiales. En su interior, las torres palaciegas y los pabellones, las paredes y los suelos estaban construidos con tablones que procedían ni más ni menos que de la Gran Raíz.

Durante la noche que habían dado en llamar «la Gran Migración», habían transportado la mitad de la Gran Raíz al Polo Norte. Pero en Santoff Claussen esa división apenas era perceptible, ya que el árbol no se partió por la mitad; en realidad, se dividió en dos árboles. Una de cada dos ramas y raíces se había unido a otro tronco. Cuando el nuevo árbol salió volando, la Gran Raíz original sencillamente colocó las ramas y raíces que le quedaban de tal modo que resultaba difícil imaginar que faltara alguna parte.

La nueva Gran Raíz del Polo había adoptado la forma de las habitaciones, las escaleras y el mobiliario de los planos de Norte. Era la única ciudad de la historia en la cual cada pared, silla, techo y suelo estaba vivo y era capaz de cambiar a voluntad.

—Si Norte u Ombric necesitan una silla, una vendrá corriendo —explicó William el Alto.

—Y ahora Norte necesita una silla mucho más grande —añadió William el casi-Menor—. ¡Está engordando un poco! —Esa idea les hizo reír a todos.

—Los yetis son grandes cocineros.

—A Norte le encantan sus galletas luna de chocolate y vainilla. Blancas por un lado, oscuras por el otro.

—¿Igual que la Luna? —preguntó Sascha.

—Sí. Y buenísimas.

—¿Y qué hay de Katherine? —inquirió Petter.

Los Williams se miraron entre sí.

—Ombric recibió un mensaje justo antes de que nos fuéramos. Sandy la ha encontrado.

—¿Está bien? —preguntó Sascha.

—No estamos seguros.

—La están llevando al Polo —dijo William el Alto.

—¿Qué es eso? —indagó Niebla mientras se rascaba la cabeza bajo la gorra de SC.

—El lugar más mágico de la ciudad de Norte. Es una torre gigante en el centro de la ciudad... Puede hacer cualquier cosa. Dicen que incluso puede ir a la Luna.

Esa afirmación provocó un «hala» colectivo de todos los oyentes, incluso de los bichos y las ardillas.

Sobre ellos vieron algo que parecía la estela de una

estrella fugaz que atravesaba lenta el cielo del ocaso. Lo miraron con curiosidad. Se dieron cuenta de que era más grande que una estrella. Era más bien como una pequeña nube. Una sensación familiar y soñolienta los inundó a todos. Entonces lo entendieron.

—No es una estrella, es Sandy.

—Sí. Y Luz Nocturna —afirmó Sascha—. ¡Deben de estar viajando con nuestra Katherine!

De pronto, un sentimiento de esperanza y excitación invadió al grupo.

—Tenemos que desearles que todo vaya bien —dijo Niebla.

Así que repitieron las palabras que hacían posible cualquier magia. Las primeras palabras mágicas que habían aprendido. Esperaban que esas palabras cuidaran de Katherine.

—Tengo fe, tengo fe, tengo fe.

CAPÍTULO TREINTA Y UNO

◆◇◆

El Poder de la Piedra de las Pesadillas

SANDY Y LUZ NOCTURNA QUERÍAN poner a Katherine a salvo cuanto antes. A Mansnoozie le preocupaba que llevara demasiado tiempo atrapada en una pesadilla. Que no se recuperara de aquel torrente de horror. La losa negra de la piedra de las pesadillas de Sombra parecía estar devorando la nube de arena de sueños que tenía debajo; Sandy estaba utilizando una cantidad alarmante de arena para poder seguir volando.

Se acercaban por fin a la nueva ciudad de Norte. Las luces del norte se cruzaban y fluían con luminosidad a su alrededor, formando olas gigantes y elegantes. A Sandy aún le dolían las yemas de los dedos, tras haber intentado atravesar brevemente la capa de energía de pesadillas en torno a Katherine. Dejó de lanzar arena de sueños un momento para mirarse los doloridos dedos. La arena le quemaba las yemas, que tenían oscuras magulladuras que empezaban a extenderse.

Nunca se había encontrado con una pesadilla que tuviera un efecto así sobre su arena. Un extraño y repentino impulso le hizo llevarse los dedos al oído... para escuchar. Y lo que oyó lo sobresaltó. ¡Pequeñas voces que gritaban! Su arena de sueños se estaba convirtiendo en arena de pesadillas... ¡Cada grano de arena ennegrecida contenía ahora una pesadilla!

Mientras Sandy apartaba la mano de su oído sin quitar los ojos de la negrura que se estaba extendiendo, Luz Nocturna seguía vigilando a Katherine. Durante gran parte del viaje, el rostro dormido de la niña se había vuelto más tranquilo, pero ahora parecía aterrado.

Bajo ellos, la nube de sueños empezó a sacudirse y a balancearse de forma insegura. Luz Nocturna miró hacia abajo. La arena dorada y resplandeciente se estaba agitando. Comenzaron a aparecer manchas negras en la nebulosa forma.

Luz Nocturna se volvió hacia Sandy, pero el hombrecito ya se había dado cuenta. Se llevó la punta de diamante del bastón de Luz Nocturna a los oscurecidos dedos y empezó a rasparlos furiosamente. Cada arañazo pelaba la arena de pesadillas de sus dedos; en cuestión de segundos, su mano se había librado de la negrura invasora.

Pero la arena que se había desprendido empezó a formar una entidad: un pequeño hombre de las pesadillas. Y toda la arena bajo Luz Nocturna y Sandy se estaba oscureciendo, a la vez que la nube de sueños se hacía más volátil. Les costaba mantenerse erguidos con aquellos remolinos y tirones; era como si la nube luchara por su propia alma. Con las dos manos, Sandy lanzó torrentes de arena fresca a la nube, pero se ensombrecía con más rapidez de lo que él podía lanzarla.

Estaban justo encima de la increíble ciudad de Norte. Las cegadoras luces brillaban a su alrededor, pero se enfrentaban a una dificultad desesperante.

CAPÍTULO TREINTA Y DOS

Chocolate de Ocasión

ABAJO, LOS DEMÁS GUARDIANES y todos los ciudadanos de la nueva ciudad observaban sobrecogidos y alarmados.

—Justo cuando creíamos que todo iba bien —dijo Ombric mientras se remangaba, repasando su lista de conjuros de batalla. Se preguntó si estaría a la altura de las circunstancias. *Es por el bien de Katherine*, pensó, y sus fuerzas regresaron con ardor.

—Es hora de una pequeña multiplicación —exclamó la Reina Toothiana, aleteando y sosteniendo su reliquia de rubí.

—Traed mi trineo —ordenó Norte a sus elfos.

—Supongo que esta ocasión requiere un chocolate especialmente potente —dijo Bunny.

El chocolate tenía un enorme efecto en el pooka. Podía transformarlo de muchas maneras, todas extraordinarias. Ya estaba agitando las orejas con expectación.

CAPÍTULO TREINTA Y TRES

La Gloria de los Guardianes y los Incordios de la Gravedad

LA NUBE EMPEZÓ A ENREDARSE en las piernas y los pies de Luz Nocturna, intentando atraerlo a la oscuridad. Sandy formó largos látigos de arena de sueños y empezó a azotar con ellos a sus sombríos atacantes, haciendo añicos todos los zarcillos arremolinados. Luz Nocturna era igual de eficaz con su bastón. Golpeaba y cortaba la arena negra, abriendo profundos desgarrones y agujeros en las amenazadoras formas.

Pero la nube había sido poseída. Podía cambiar más velozmente de lo que Luz Nocturna y Sandy soportaban. Se alargó y envolvió aquel magnífico Polo

que Norte había estado construyendo, lanzando la piedra sobre la que yacía Katherine hacia delante.

Sandy y Luz Nocturna agarraron la losa de mármol, intentando estabilizarla, pero cada vez que la tocaban los apartaba con un estallido. La arena oscura que había debajo comenzó a cambiar ante sus ojos: cientos de criaturas empezaron a surgir de cada grano..., una nube de hombres de las pesadillas. Arañaban y cortaban a Sandy y a Luz Nocturna en una cantidad imposible de vencer. Ambos luchaban con fiereza, seccionando cada zarcillo que se envolvía en el Polo. Pero el enemigo los había superado.

Y entonces, cuando empezaban a perder la esperanza, el cielo en torno a ellos se llenó de ayudantes muy capaces: la Reina Toothiana y sus hadas guerreras. ¡Diez mil hadas! ¡Más! ¡Había flechas y espadas golpeando por todas partes!

En ese momento, Ombric se proyectó astralmente en veinte lugares a la vez y arrasó con las nubes de hombres de las pesadillas en todas partes.

Y Bunny, con las orejas girando a la velocidad de la división del átomo, surcó el cielo como un relámpago. Le había salido una docena de brazos y en todos había una espada de metal meteórico.

Después llegó Norte con el trineo que acababa de diseñar y construir, volando a la velocidad de la luz. Lo tiraba un equipo de renos gigantes del bosque de Santoff Claussen.

Juntos sacudieron y acribillaron la barrera de hombres de las pesadillas con una

fuerza devastadora. El poder de los Guardianes era un espectáculo increíble.

Pero el momento de triunfo desapareció con rapidez.

La piedra que.encerraba a Katherine se precipitó a través de la vacilante masa de hombres de las pesadillas y cayó hacia el suelo tan velozmente que daba vértigo.

CAPÍTULO TREINTA Y CUATRO

Y Así Cayeron

NO CABÍA DUDA de que Luz Nocturna era el niño más veloz que jamás hubiera existido, pero no era el más fuerte. Mientras Katherine, en su tumba de piedra, caía, Luz Nocturna arponeaba la densa piedra con su daga diamantina. Aferrado al bastón, utilizó cada gramo de su fuerza voladora para tratar de detener el descenso. Pero ni siquiera cien Luces Nocturnas habrían logrado frenar una piedra con esa masa.

Y así cayeron.

Los valiosos segundos pasaban y Luz Nocturna intentó romper con el puño el turbio escudo de ener-

gía de pesadilla que encerraba a Katherine desespera-
damente. Al mismo tiempo, su mente se aceleraba en
busca de ese lugar donde el tiempo parece ralentizarse
y el destino, a veces, echa una mano.

*El escudo. ¿Cómo atravesarlo? No puedo usar la
daga de diamante. Podría herir a Katherine. ¿Cómo
romperlo? ¡¿Cómo?!*

Todavía quedaban pedacitos de la nube de Sandy, granitos aún sin corromper, colgando de la piedra
de las pesadillas, que, cuando se deshacían, aguijo-
neaban el rostro a Luz Nocturna. No había tiempo
de quitarse los granos. No podían hacer que el niño
espectral se quedara dormido –Luz Nocturna nunca dormía–; en vez de eso, le hicieron *recordar,* tal y
como había predicho Sandy.

Recordó mucho y con mucha rapidez su lejana
vida con el Hombre de la Luna. Los momentos ate-

sorados se agitaban como hojas al viento. La promesa que había hecho, la canción que cantaba cada noche al joven príncipe y la arena de sueños. *¡Antes de la arena de sueños! ¿Qué? ¿Qué ocurría antes de la arena de sueños?* Sabía que era importante. Era la clave para salvar a Katherine.

Era lo más poderoso de todo.

Era más poderoso que los sueños y las pesadillas, o que las dagas de diamantes fabricadas con lágrimas, o que las acciones temerarias y las reliquias antiguas.

Era el beso.

El beso de buenas noches. Recordó a los padres del Hombre de la Luna. Cada noche le habían dado las buenas noches y habían besado al pequeño. Después él, Luz Nocturna, traía la arena de sueños para alejar las pesadillas. ¡El beso! Es magia. ¡Se lleva todos los dolores del día! O al menos eso le habían dicho.

¿Un beso mío tendrá poder?, se preguntó. No había tiempo para hacer pruebas.

El valiente Luz Nocturna, héroe en tantas batallas, se enfrentó al momento más confuso de su infinita infancia: un beso.

¿Cómo se hace? ¿Qué tengo que hacer? ¡¿Y si lo hago mal? !¿Algo con los labios?! ¡¿Cómo?!

¡Hazlo! ¡HAZLO!

Cerró los ojos y se lanzó de cabeza hacia Katherine. El escudo de pesadillas lo dejó pasar como si fuese vapor. Su poder solo funcionaba contra la fuerza y el temor. Y un beso no tiene nada que ver. Durante un instante eterno, los labios de Luz Nocturna tocaron los de Katherine y todos los conjuros de Sombra desaparecieron. Katherine abrió los ojos. Su torturado sueño había terminado. El beso lo había arreglado todo. La niña estaba perfectamente. Pero no había tiempo para sonreír. Luz Nocturna la agarró de una mano y, volando con ella, se alejó de la piedra que caía en picado.

Cuando la piedra chocó contra el suelo, Luz Nocturna distinguió un corte en la roca. Estaba debajo de donde Katherine había yacido. Justo debajo del lugar en el que había estado su corazón. Era el agujero que había dejado su daga de diamante después de que, hace muchísimo tiempo, atravesara a Sombra y quedaran aprisionados y helados durante siglos.

Luz Nocturna sintió la mano de Katherine en la suya. La había salvado. Y también había salvado una parte de sí mismo…, una parte que había olvidado. Nunca se había sentido tan despierto ni tan vivo.

CAPÍTULO TREINTA Y CINCO

Crecer Es una Aventura Enorme

AL ATERRIZAR, la piedra de las pesadillas había creado un cráter de sorprendente tamaño al pie de la ciudad de Norte, y, al hacerlo, los hombres de las pesadillas huyeron en desbandada. La Madre Naturaleza levantó una tormenta tan fuerte que los mandó en remolinos más allá del horizonte. Hizo un gesto con la cabeza a los Guardianes desde donde flotaba y se fue volando antes de que nadie pudiera decir nada.

—Qué criatura tan misteriosa —observó Norte.

Sandy se limitó a sonreír. Lo sabía mejor que nadie.

—El clima es impredecible —dijo Bunny.

Dirigieron su aten-
ción a la piedra caí-
da. Aunque el cráter
tenía seis metros de
profundidad y el do-
ble de diámetro, el sue-
lo dañado era de madera
de la Gran Raíz, por lo que
empezó a restaurarse por sí mismo
de inmediato. Mientras los demás Guardianes se reu-
nían alrededor del borde del cráter menguante, el suelo empezaba a nivelarse, al igual que la losa de piedra
negra. Los hombres de las pesadillas se habían retira-
do en cuanto la piedra había tocado el suelo, así que
por ahora la batalla había terminado.

—Y no hay ni rastro de Sombra —dijo Norte atu-
sándose la barba.

—No es su estilo para nada —añadió Bunny mientras enfundaba sus doce espadas.

Las alas de Toothiana resplandecieron.

—Mi lado humano dice «cuidado». Mi otro lado dice lo mismo, pero con más fuerza.

—Haremos frente a lo que venga —dijo Ombric con un tono filosófico. Al levantar la vista hacia Katherine y Luz Nocturna, la preocupación que lo atormentaba pareció disiparse. Tener a Katherine de vuelta era un tónico para él. Para todos ellos—. ¡Por ahora, disfrutemos de la reunión de amigos, que es una victoria!

Katherine y Luz Nocturna descendieron de la mano y aterrizaron con suavidad junto a la piedra. Toda la ciudad corrió a aquel lugar, y hubo vítores y un júbilo inmediato. ¡Katherine estaba a salvo! Norte la sostuvo súbitamente y la abrazó con fuerza. Su risa era tan profunda como ancha su cintura.

—¡Has crecido! —bramó el cosaco.

—Tú también —Katherine rio mientras daba unos golpecitos a su amigo en la amplia barriga.

—La comida yeti tiene ciertos riesgos —explicó Ombric, que se unió a los abrazos.

Los yetis estaban agrupados cerca. Por raro que pareciera, estaban llorando como bebés.

—Siempre hacen eso cuando se sienten felices —gorjeó el frenético señor Qwerty al hacer una pausa, pues estaba escribiendo todo en sus páginas para que Katherine pudiera leerlo más tarde.

—Es *extremadamente* raro —musitó Bunny—. Es decir, ya es bastante peculiar que los humanos lloren, ¿pero los abominables hombres de las nieves también? Me parece demasiado.

—Oh, ¿y qué hay de los doce brazos? —dijo Norte.

—Habría dejado que me salieran ciento veinte

brazos para salvar a Katherine —replicó el conejo con brusquedad, y luego hizo doce saludos simultáneos.

—¿Eso es todo, Bunny? —preguntó Toothiana con una sonrisa—. Yo he hecho miles de hadas.

El conejo olisqueó y meneó los bigotes.

—Hmm. No me gusta decir esto, pero tienes razón, Majestad. —Sus orejas se agitaban alocadamente.— Tendré que empezar a trabajar en un chocolate más fuerte. Veamos, si la proporción de granos de cacao por brazo es de cuatro a uno, entonces necesito...

Los cálculos de Bunny fueron interrumpidos por Kailash, que avanzó entre Norte y Katherine graznando como loca. Katherine estaba eufórica al ver a su querida gansa de nieve. Abrazó el inmenso cuello del ave hasta que Kailash empezó a picotearla.

El ajetreo de la conversación era alegre e intenso, y duró hasta el anochecer. Katherine estaba impresionada ante la reluciente ciudad de Norte. Alzó la vista a las torres, admiró los rigurosos relieves y las obras escultóricas, se deleitó con los colores —franjas rojas y blancas— elegidos por Norte. Y aunque estaba muy contenta de ver todo aquello —y a todos ellos—, había alguien con quien realmente quería hablar. Miró entre la muchedumbre. ¿Dónde estaba?

Luz Nocturna lo sabía.

Llevó a Sandy a través del excitado grupo y Katherine hizo un gesto invitando al hombrecito a acercarse. Al aproximarse, se inclinó ante ella. Katherine le sonrió y él le devolvió la sonrisa. Aquella sonrisa magnífica y tranquila. Aunque no se conocían en persona, se conocían bien. Eran compañeros de la tierra de los durmientes y de los sueños.

Los demás Guardianes empezaron a hablar a la vez.

—¡Ah! —dijo Norte—. ¡Mansnoozie! ¡Por fin!

—Qué arena tan sorprendente —comentó Ombric—. Me siento avergonzado de no haberla reconocido a primera vista.

—Yo no suelo soñar, ¿sabes? —explicó Bunny—. Los pookas solo soñamos una noche cada mil años. Espero que no hayas dañado mi ciclo de sueño.

Toothiana le golpeó con las alas la oreja izquierda.

—¡No hace falta que digas *todo* lo que se te pasa por la cabeza! —le susurró.

—¿Tú también? —gimió el conejo—. ¿Tengo que recibir clases de humanidad de ti, además de las de Norte?

Pero uno tras otro se quedaron en silencio. De nuevo supieron lo que Katherine estaba pensando. El lazo de su amistad se había restaurado por fin. En el silencio que los rodeaba, Katherine miró a Sandy. No dijo ni una palabra. *Es como Luz Nocturna y como yo*, pensó. *No necesita hablar demasiado para que se le oiga. Su gran-*

deza está en sus obras. ¡Ha arriesgado su vida por salvar la mía! ¿Hay un regalo mayor? No conocía su historia, pero, gracias a los demás Guardianes, lo sabía: era uno de ellos. Y sabía exactamente lo que había que hacer.

—Arrodíllate —dijo Katherine al hombrecito con una voz que llegó a toda la multitud— y haz esta promesa.

Sandy se arrodilló ante ella.

Entonces todos entonaron la promesa:

Vigilaremos a los niños de la Tierra,
los guiaremos lejos del camino del mal,
mantendremos sus corazones alegres,
sus almas valientes y rosadas sus mejillas.
Protegeremos con nuestras vidas sus esperanzas,
así como sus sueños,
porque son cuanto tenemos, cuanto somos
y cuanto llegaremos a ser.

—A partir de ahora —añadió Katherine—, serás conocido como Su Majestad Nocturna, Sanderson Mansnoozie, el Primer Creador de Sueños, Gran Señor Protector del Sueño y de los Sueños, Guardián de la Infancia de la Tierra. ¡En pie, Sandy!

Sandy se levantó. *He viajado a los confines del universo*, pensó. *Pero ahora este es mi lugar.* La Luna llena brillaba sobre ellos. Vítores ensordecedores llenaron el aire cristalino. Katherine había vuelto. Habían construido una nueva y grandiosa ciudad. Los Guardianes se habían reunido y contaban con uno más.

Las luces del norte centellearon desde el Polo y fueron visibles hasta en Santoff Claussen.

Luz Nocturna observó la hermosa ciudad de Norte y, por primera vez en su antigua vida, sintió que no estaba separado de aquellas personas a las que llamaba «altos» y «bajos». Ya no era Luz Nocturna, el niño

La ciudad del sueño de Norte

sin pasado. Tampoco era Luz Nocturna, el niño del mañana infinito. Aquella noche había cambiado. Habían vencido a los villanos. Habían roto conjuros. Y habían invocado conjuros nuevos.

Katherine y Luz Nocturna permanecieron juntos entre el alborotado gentío. Su alegría estaba unida a la de todos los demás, pero era distinta. Era una alegría privada que solo las amistades más cercanas reconocen cuando les afecta un gran cambio. Luz Nocturna extrajo un saquito de su bolsillo y le devolvió a

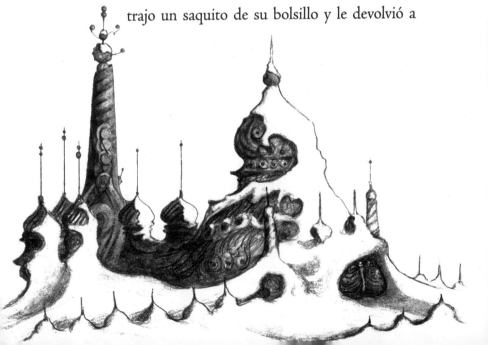

Katherine las palabras de las historias que el señor
Qwerty había derramado de sus páginas al llorar. Había
salvado su pasado y su presente. Y ella había hecho lo
mismo. Pero ¿y su futuro? Ahora era como el de todos
los que crecen: un misterio prometedor. Tal y como le
había contado la luz de luna a Sandy, no podía usar el
poder del beso y seguir siendo Luz Nocturna. El cambio
se acercaba. Luz Nocturna podía   sentirlo. Pero
no estaba solo. Katherine volvió   a   tomarlo
de la mano.

Capítulo treinta y seis

Luz Nocturna Duerme por Fin

LA CELEBRACIÓN DURÓ HASTA MUY TARDE, mucho después de la hora de acostarse.

Todos tuvieron dulces sueños. Incluso Luz Nocturna. Por primera vez, el niño que nunca había dormido, al fin lo logró. ¡Y qué sueños! Mansnoozie estaba asombrado ante su poder.

Ojalá Luz Nocturna no hubiera dormido.

Habría estado vigilando, como solía hacer.

Habría visto a Sombra salir reptando de la piedra de las pesadillas y sentarse en el centro vacío de la ciudad cuyo objetivo era acabar con él.

El plan de Sombra estaba casi completo. Había leído todos los recuerdos de Katherine mientras ella estuvo bajo su hechizo de pesadilla. Había sido él quien había enviado el sueño de la ciudad de Norte a los Guardianes. Y habían construido todo según esperaba. Sin querer, los Guardianes habían metido a Sombra en el lugar donde quería estar. Ahora podría ganar la guerra de una vez por todas...

EN NUESTRO PRÓXIMO LIBRO,
EL EMOCIONANTE CLÍMAX DE

—— ◆ ——

LA SAGA DE LOS
GUARDIANES,

QUE INCLUYE:

¡Un viaje desesperado a la Luna!

¡La Gran Guerra en la cara oscura de la Luna!

¡El reino secreto del Hombre de la Luna!

¡Los ejércitos de lunabots!

¡La batalla más grandiosa desde la Edad de Oro!

¡Los poderes de los Guardianes puestos a prueba como nunca!

¡El destino de Katherine y Luz Nocturna!

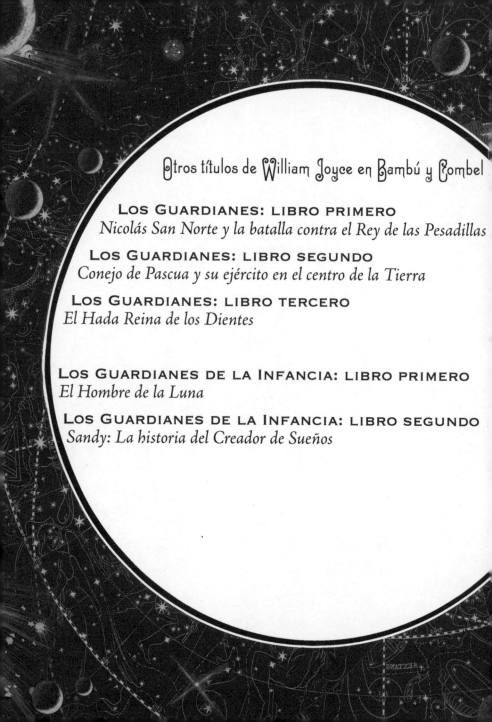